# 하루의 마지막에는 글을 쓰기로 했어

정 인

한 수 정

원 도 연

리 아

김 예 진

최 현 영

오 필

# 차
### 례

# 차
# 례

## 정 인

## 한 수 정

## 원 도 연

벌레 먹은 밤 / 거꾸로 물구나무서기 / 내 방에 있는 모든 것 중 - 추억 / 의욕을 생기게 하려면 / 이별의 원인 / 술이 좋은 이유 / 남들보다 앞서 나가기 위해서 필요한 것 / 오래된 붓 / 요구르트 하나 / 진짜 친구 만드는 법 / 인간관계 힘들어하는 사람 특징 / 가슴이 뜨겁다는 것은 / 정리 정돈 / 바라봄 / '열정'은 끈기의 다른 말이다 / 부모님의 사랑 / 미친놈 / 소신껏 산다는 착각 / 저 사람은 왜 저럴까? / 숨


## 리 아

조금 오래전에 - / 소중함 / 당연한 사실 / 거꾸로 / "우린 운명인 것 같아." / 파도 / 술 / 고민 / 사랑 / 정리 / 인생의 책갈피 / 감정을 떠나는 여행 / 맛있는 맥주 마시는 법 / 나만의 방학 만들기 / 마음의 걸음 / 무계획의 묘미 / 빨간 방 / 상공에서 보내는 하루 / 모험과 도망은 한 끗 차이 / Epilogue. 자기소개


## 김 예 진

코로나 시대의 가족 / 코골이 왕따 사건 / 물리면 더 세게 물기 / 사람의 이중성 / 이 세상 엄마의 마음 / 조그만 사회 / 음식 속 기억 / 마음의 거리 / 오해가 준 기회 / 멀지만 가까운 사이 / 사람과 색깔 / 0분 0초 / 너의 생각보다 더 소중한 너 / 어른아이 / 10년 후의 당신에게 / 30대에게 / 초대합니다 / 잘자요 / 알아서 할게요 / 선택하고 책임지겠습니다 / 사랑이란? / 바다로 갑니다 / 정리하며 탐구하기 / 봄이 아파서 / 이것 또한 지나가리라

## 최현영

오늘 문득 - / 행복을 기원하는 행복 / 설레발의 징크스 / TIME OVER /
못 / 작별 인사 / 거꾸로 / 파도 / 고민의 미로 / 노을, 너 / 나의 멋, 미 / 사
회 생활 / 이사 / 봄 / 나를 그리다_시작 / 나를 그리다_스케치 / 나를 그
리다_선 따기 / 나를 그리다_채색 / 나를 그리다_명암 / 나를 그리다_다듬
기 / 나를 그리다_서명

## 오 필

무작정 시작하는 것이 아무 것도 안 하는 것보다 낫다 / 새벽 기상 장점 10
가지, 단점 1가지 / 그래, 가끔 '나'로 충분하자 / 새벽 기상하면 좋은 점, 건
강은 덤 / 새벽 기상은 멈추는 것 아니에요 / 새벽 기상하는 것은 원래 어렵
다 / 상황에 한눈 팔지 않고 삶을 살아가기 위해 / 주말에 새벽 기상 안 쉬
면 월요병 없다 / 새벽 기상 성공을 위해 방에서 꼭 없애야 할 이것 / '나는
못할 것 같아.'라고 생각하면 벌어지는 일 / 새벽 기상 쉽게 하는 제일 좋은
방법 / 새벽이 알려 준 것, 무엇이 나를 불행하게 했을까 / 새벽이 부리는 요
술 / 새벽 기상하면 받는 선물 / 잘 때도 웃으며 잔다고 한다 / 생각의 프레
임이 바뀌는 새벽 시간 / 나는 소중하고 당신은 존중받아야 합니다 / 새벽
기상에 실패란 없다 / 새벽기상과 세트로 이것을 꼭 해야합니다 / 딸에게
해주고 싶은말

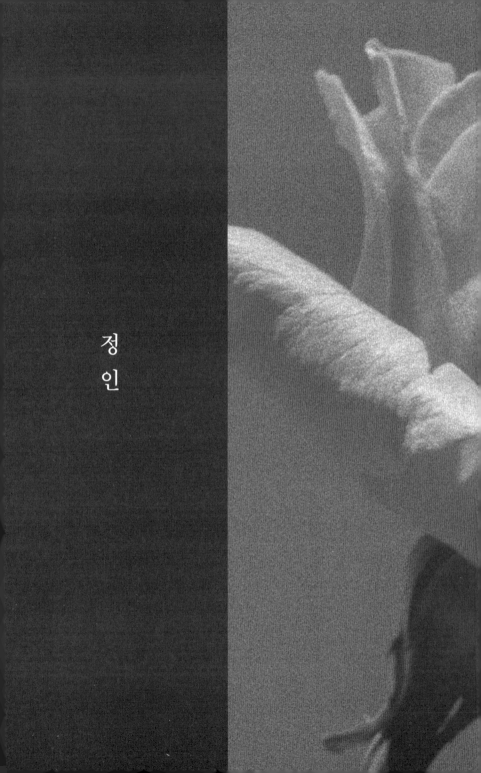

정
인

**정인**

어릴 적, 시답잖은 말로 친구들을 피식하게 했던 능력이 있었다. 어딘가 남
아있을 그 능력을 밑천 삼아, 이제는 누군가에게 그동안 잘 살아온 것 같은
기분이 들게 하면 좋겠다. 더 멋지게 살아가고 싶어지게 만드는 깨알 같은
기쁨이 되면 좋겠다.

# 나쁜 글 짓기

"나쁜 시라도 짓는 것이
최고의 시를 읽는 것보다 훨씬 행복하다."
- 헤르만 헤세

고등학생 시절 동아리 활동으로 창작 산문반에서 활동했다고 이야기하면 다들 '글 좀 쓰시겠어요.' 한다. 실은 그 동아리에서 문집 안에 들어가는 삽화 담당을 했다. 그 당시 나는, 미래에 만화가가 될 줄 알았다. 글쓴이가 들인 시간만큼 나도 엇비슷하게 들여가며 한 귀퉁이 작은 그림들을 채워 주었다. 글쓰기 동아리에서 글은 쓰지 않는 멤버였던 것이다. 적절한 그림을 그려 주기 위해 친구들이 써낸 글을 성심성의껏 읽기는 했다.

소설이며 시며, 하다못해 길 가다 걸어찬 돌멩이 이야기를 쓰는데도 기똥차게 기발한 아이디어와 유려한 필력을 뽐내는 친구들이 많았다. 글을 받아 읽을 때면 평소 킬킬대며 함께 수다를 떨어댔던 그 녀석들이 맞나 싶을 만큼 어색했다. 지금 생각해 보면,

살짝 마음 한구석에 흑염룡을 키우던 감성이었을 듯한데, 당시엔 내심 그 친구들이 나보다 더 어른스럽다고 느꼈다. 별 것도 아닌 그 애들의 우스갯소리는 왠지 의미심장해서 크게 웃지 못했다. 들어본 적도 없는 어휘들을 그들은 글 속에 첨벙첨벙 던져 넣었다. 어디서 그런 단어들을 가져왔는지, 그 생경한 표현들을 따로 양식이라도 했던 것일까. 그저 감탄할 뿐, 나도 글을 써 보겠다는 생각은 하지 않았다.

그 친구들과 내가 아주 다르다는 것만 확인했다.

다른 사람의 글은 왜 이리도 훌륭하고 멋진가. 좋은 글을 쓰기 위해 좋은 글을 많이 읽는 것이 좋다고들 한다. 그러나 결론적으로 자기 비하의 늪에 빠지는 기분이 든다면 추천할 만한 방법이 아닌 것 같기도 하다. 그림에 영재성을 타고난 아이가 미술 학원을 다니면서 그림을 망치는 것과 같다!… 고 말하고 싶지만, 생각해 보니 나는 타고난 천재가 아니므로, 고개를 끄덕일 일은 또 아닌 것 같다. 고개 숙여 겸손한 자세로 배우는 것이, 소인이 해야 할 일인 것이옵니다….

글쓰기와 책 쓰기를 위한 강좌가 넘쳐나고, 직장을 다니면서도 부지런히 책을 내는 사람들이 수두룩하니, '나도 한번?'이라는 생각으로 괜히 기웃기웃해 보았다. 하지만, 과연 글쓰기가 그렇게 쉽게 되는 것인가 하는 의문만 커져 버렸다. 차라리 겪지 않았으면 없었을 무거운 심정은 덤으로 얻었다. 이것이 바로 그 말로만 듣던 창작의 고통이라는 것인가! 단어 하나 쓰고 멍 때리기, 문장 하나 쓰고 긁적거리기. 이런 것들을 하게 되었다.

하얀 화면에 커서를 세워 놓고 들여다보기를 한참 하다가, 에라 집어치우자 하는 손짓으로 마우스를 던지고 괜히 눈에 들어오는 낡은 책 한 권을 꺼내 들었다. 헤르만 헤세의 사색 노트. 언제 샀는지 기억도 안 나는 빛바랜 책을 휘리릭 넘겨 본다. 아마 유명인의 유명한 말을 옮겨 놓은 책이니 좋을 것이라는 논리로 샀을 것이다. 책장을 넘기다 먼 옛날 표식을 붙여 놓은 문구가 눈에 들어온다.

나쁜 시라도 일단 짓는 게 행복하지 않겠냐는 대문호의 말씀이 그 자리에 있다.

아. 나는 그 문구에 왜 표식을 해 두었을까. 어린 나이에도 그 말에 고개를 끄덕였던 것을 보니, 내가 무언가를 짓는다면 그게 딱히 좋지는 않을 것이라는 생각을 이미 그때부터 했던 걸까. 혹은 나쁜 시라도 선뜻 짓지 못하는 나를 알아차렸던 것일까. 아마도 비교하며 움츠러들어있던 나 자신을 알고 있었나 보다. 아무튼 뭐 얼마나 대단하게 하겠다고 그러고 있냐는 듯이 그냥 뭐라도 써봐라 하는 그 말씀을, 귓등으로 흘려듣기에는 내가 너무 미천하다. 잠깐 마음에 위안을 얻는다.

이제라도 다시 깜빡이는 커서를 움직여 가며, 나쁜 글 하나 끄적끄적 쓰는 행복을 가져 보자고 생각해 본다. 있지도 않은 최고의 글을 찾아가며 닿지 못할 거리를 확인하는 불행보다 그게 낫겠다.

그나저나, 그 시절 그 친구들은 어떤 글을 쓰고 있을까. 계속 글을 쓰고 있을까. 문득 궁금하다.

## 무거운 시간

가만히 있으면 나중에 팔과 어깨를 못 쓰게 될 수 있으니 어깨 운동을 자주 하라고 했다. 붕대를 감아 주며 간호사 선생님이 무미건조하게 말했다. 왼쪽 팔 전체에 두툼하게 깁스가 채워졌다.

왼쪽 팔꿈치를 크게 다치고 수술을 한 뒤였는데, 그 바람에 어깨도 같이 멈춰 버렸다. 무거운 깁스로 무게 중심이 왼쪽으로 잔뜩 쏠렸다. 어깨 관절이 굳는 것을 막기 위해서 매일 어깨를 움직여 주어야 한다며 의사 선생님이 팔을 머리 위로 휙휙 돌려 시범을 보여 주었다. 하지만, 어찌나 무거운지 어깨를 돌리기는커녕 팔을 들어 올리는 것도 겨우 조금만 해낼 수 있었다. 어깨를 다친 게 아닌데 왜 그것도 못 하냐며 엄포를 놓는 의사 선생님에게 야속한 마음의 눈빛을 날려 보내고, 어쨌든 끙끙대며 애쓰는 날이 이어졌다.

오랜 날들이 지난 어느 때. 훌훌 붕대가 풀어지고 가느다랗게 야윈 왼팔을 확인할 수 있었다. 간호사 선생님이 웃으며 내 팔꿈치 각도를 아직 기억하고 있는 깁스를 건네주었고, 건강한 오른손이 그 깁스를 받아 들었다.

순간, 깁스를 받아 든 손이 위로 훅 솟구쳤다. 무게를 가늠하지 못하고 힘을 가득 실어 받아 들었더니 그랬다. 마치 마지막 계단이 있는 줄 알고 발을 헛디딜 때처럼, 깁스를 든 손이 휘청거렸다. 이렇게 가벼운 것이었다니.

무거운 시간을 보내고 나니 알겠다. 내가 너무 약했었구나. 가끔 누군가에게는 가벼운 일들이 나에게는 추가 매달린 것마냥 심각할 때가 있다. 그럴 때는 잠시 하얗게 깡말라 있던 왼쪽 팔을 생각해 본다. 그저 남을 탓하고 신세한탄을 하는 동안, 힘이 허약하게 말라 움직일 용기를 내지 못했다. 회복이 필요한 시간이었다. 그것은 석고 붕대 안에 고이 묶어 두는 일도 아니고, 벗어나려 애쓰며 나를 혹사시키는 것도 아니었다.

시간을 들여 잠시 멈추고 좀 낫도록 두어야 하는 곳이 어디인가 하고 들여다본다. 그리고 괜히 다른 일상도 같이 망가지지 않게끔 조금씩 다독이며 움직이는 일을 멈추지 않는다. 그래야 약한 시간에 머물지 않게 된다는 것을 알고 있다.

## 직장인의 디폴트

눈앞에 할인 패키지가 떴다. 제주도 무슨 호텔이 조식 포함 얼마라며 무진장 싸게 해 주겠다고 광고 중이다. 이미 클릭을 해 버린 손이 부지런히 스크롤을 하며 정보를 전달해 준다. 사진 속에는 푸른 바다를 뒤로하고 해맑은 사람들이 웃고 있다. 행복해 보이는데? 가격 정보를 따라 슬쩍 예산도 생각해 보고, 지도 앱에서 거리와 이동 시간도 가늠해 본다. 지금 당장 떠날 수 있을 것만 같아도! 결정적으로 그날은 일해야 한다. 흑.

너무 놀고 싶다. 고민도 계획도 없이 그냥 놀고 싶다. 마냥 늘어지고 싶다. 애쓰지 않고 몸에 힘을 빼고 생각 없는 시간을 보내고 싶다. 열심히 사는 것이 인간의 본 모습은 아니지 않나. 사람이 이렇게만 살 수는 없지. 먹고 살려고 일하는 거지 일하려고 먹고 사는 건 아니니까. 인간은 원래 놀이를 통해 성장하는 존재. 나는 놀고 싶다!!

가지도 못할 제주도를 눈에 담다가, 방바닥에 붙어 멍청한 텔레비전을 보던 어느 날을 떠올려 본다. 일하고 싶었지. 그때는.

늘어진 몸을 느릿느릿 일으켜 세우며 내심 찜찜한 나날들을 보내던 때가 있었다. 노동의 의미와 땀 흘려 일하는 것의 가치를 생각하며, 세상에 기여하는 나 자신이 되기를 바라곤 했었지. 머리를 질끈 묶고 콧등의 안경을 추켜올리며 치열하게 하루를 만드는 누군가를 선망하느라 괜히 나를 미워하던 때. 이래서 인간은 시간의 나그네라고 하는 것인가. 어느 때에도 머물지 못하고 떠도느라 늘 마음이 지치는가 보다.

일하면 놀고 싶고, 놀면 일하고 싶나니. 놀고 싶은 마음을 데리고 일하는 것이 바로 직장인의 디폴트. 고민까지 하며 뇌세포를 낭비하지 말자.

## 0분 0초

"빈 공간도 있었다고 할 수 없지."

과학 선생님의 말씀은, '없는 것 빼고 다 있다'는 말처럼 이상하게 들렸습니다. 우주의 시작 이전에는 '무(無)'였다는 말을 듣고, 그럼 빈 공간이었냐고 물었다가 들은 대답은 더 큰 의문을 만들었습니다. 우주가 만들어지기 '전'이라는 말도 의미가 없었습니다. 시작과 동시에 '시간'이라는 개념이 적용되기 때문이었어요. 아니 뭐 이런 골치 아픈 이야기가.

생각해 보니, 시작이라는 것은, 그런 것이었습니다.

이전에는 없던 시계가 나타나 톱니바퀴가 돌기 시작하는 것처럼, 시공간에 경계가 생깁니다. 아마도, 우리가 만나 인연을 맺는 순간 무에서 유를 창조하듯, 새로운 세계가 만들어지고 그렇게 시계추가 움직이기 시작했을 것입니다. 없었던 것들이 지금은 있는 것이 되고 생각하지 않았던 것들을 생각해야 하는 세계가 되는 것입니다. 내가 발 디딘 이 우주는 갈수록 점점 커져서, 다른 곳과 비교할 수 없는 중심이 되어 버립니다.

그 전은 무엇이었는지를 묻는 것이 무의미한 것 같아요. 바늘이 돌기 시작하면 그때부터 의미가 만들어지는 것입니다. 축을 돌리며 얻는 것들이 무엇이든, 그것을 0분 0초 이전의 무엇에 빗대어 이야기는 것은 어렵습니다. 골치가 아파져요. 변화무쌍하게 앞으로 가는 시간을 기쁘게 맞이하며.

우리 그저, 지금을 살아요.

## 안녕

이탈리아에서는 만날 때도 'Ciao', 헤어질 때도 'Ciao' 한다고 했다. 만날 때와 헤어질 때 인사말이 같다며 한국에서는 어떻게 인사해야 하느냐고 물었다. 우리도 비슷하게 만날 때 '안녕?' 하며 인사하고, 헤어질 때 '안녕⋯'하면 된다고 알려주었다. 말끝이 위로 솟구치는 느낌으로 당신의 안녕을 묻고, 말끝을 내리는 느낌으로 당신의 안녕을 바라는 인사를 한다고, 손끝을 열심히 휘저어가며 말의 음높이를 알려주었다.

만날 때도 안녕을 헤어질 때도 안녕을 말하는 우리는 서로의 안녕한 삶을 바라고 있다.

나와 함께하는 지금, 당신의 이전 삶에 탈은 없었는지 궁금하다. 간혹 되는 일 없이 겨우 견디는 날들을 지나왔는지도 모른다. 잘 버티고 이겨내 지금을 맞은 당신을, 나는 안녕히 마주해야 할 의무가 있다고 문득 생각하였다. 한편 당신도 그렇게 해 주기를 내심 바라고 있다고 고백해본다. 우리는 모두 서로의 안녕을 묻고 바라는 사이이므로. 설령 나의 알량한 무언가가 당신을 흔들고 한편에 괴로움을 만들게 되더라도, 우리 헤어질 때 나는 다시금 당신의 안녕을 바랄 것이다. 한구석 쌓인 그 무엇이 없이, 나에 대한 생각 없이, 무탈하게 일상을 다시 이어가기를 바라며.

　　안녕⋯⋯.

## 밤하늘이 까맣게 보이는 이유

깊어가는 겨울밤, 마치 모든 것이 잠들어 있는 듯한 밤이 되면 쌓여 있는 눈에 소리가 먹혀 들어간 것처럼 침묵의 시간이 옵니다. 세상의 모든 것들이 밖으로 내보내는 것을 멈추고, 조용히 안으로 들어가 앉는 시간입니다.

독일의 과학자 올베르스는, 밤이 되면 하늘이 까맣게 되는 것의 이유를 물었습니다. 끝없는 하늘에 빛을 내는 별들이 무한의 수로 박혀 있습니다. 그런데 왜 밤에는 검은 하늘을 보게 된 것일까요. 많은 과학자가 저마다 이런저런 논리를 펴가며 이유를 댔어요. 유명한 과학자들이 이러쿵저러쿵했습니다만, 천문학과 관련 없어 보이는 추리 소설가가 실마리를 잡습니다. 멀리 있는 별의 빛이 아직 우리에게 도달하지 못했으니 검게 보이는 것이라고요.

왜 별빛이 아직 우리에게 닿지 못 하고 있는 걸까요. 사실은 수많은 별이 우리에게서 멀어지고 있기 때문이라고 합니다. 별을 구성하는 원소들이 반응하며 불꽃이 일고 활발하게 빛을 내고 있다 한들, 빛이 우리에게 달려오는 것보다 더 빠르게 별이 멀어지는 중이라고 합니다. 게다가 그 멀어지는 속도가 점점 더 빨라지고 있다고 하니 안타깝게도 우리는 그 빛을 볼 수 없답니다. 만약 그렇지 않았다면, 언젠가는 별빛이 우리에게 도달하고 우리는 낮처럼 환한 밤하늘을 보게 되었을 것입니다. 우리는 그저 시간을 두고 기다리기만 하면 되었을 겁니다.

까만 밤하늘을 올려다보며 저 멀리 빛을 내고 있을 별들을 생각해 봅니다. 그러고 보면, 보이지 않는다고 없는 것은 아니에요. 그 안에 빛이 환하게 있어도, 멀어지고 있다면 서로에게 가서 닿을 수가 없는 것입니다. 소리 없는 밤이 되면, 보이지 않는 것들을 마음으로 들여다보는 연습을 합니다. 굳이 우주까지 나서지 않더라도, 가까이 있어도 드러나지 않고, 알 수 없는 것들이 얼마나 많은가요. 그 안에 사실은 가득 차 있는 것들을 생각하며 아직 닿지 못한 거리를 짐작해 봅니다.

그리고, 멀어지고 있지 않은지 살피고 살짝 용기 내 다가갈 필요가 있는 것 같아요.

멀어지는 것은 점점 더 가속이 붙는 까닭입니다.

## 야, 나두 그럴 수 있어

"너도 그럴 수 있다는 걸 보여줄 필요가 있어."

아버지의 한 마디로 결정을 했습니다. 밤새 정리한 자료를 메일로 보내고 이불 속에 드러누웠습니다. 지독한 몸살감기에 걸린 날이었습니다. 식은땀을 흘리며 약 기운으로 밤늦게까지 일을 하는 나를 아버지는 말없이 지켜보고 계셨던 것입니다. 새벽녘, 슬그머니 다가와 오늘은 그냥 쉬어라 하시더니 '너도 그럴 수 있어.' 하고 덧붙였습니다. 그 말은 내내 곤두서 있던 나를 스르륵 내려앉게 했습니다.

할 수 있어. 의지가 있고 힘이 있다면 움직일 수 있다고, 이룰 수 있다고, 도달할 수 있다고 하는 그 말이 용기를 주는 것이라고 생각했습니다. 하지만, 왠지 '하고 있지 않은' 지금의 내 모습이 영 언짢게 느껴집니다. 그리고 그것은 벗어나야 하는 것이 됩니다. 광고 안의 유명 연예인이 웃는 얼굴로 '야, 너도 할 수 있어.' 할 때, 미적거리고 있는 자신을 반성하게 되고, 치열하게 달려들어야 저 미소를 얻을 수 있을 것 같았습니다.

안 할 수도 있어. 그리고 너도 그럴 수 있어. 지나치듯 툭 던진 아버지의 그 말씀은 지금의 내 모습이 벗어나야 할 무엇이 아니라고 알려주었습니다. 힘을 다해 무엇을 이루느라 골골대는 나는 지쳐가는 몸도 돌보지 않았습니다. 나는 그럴 수 없다고 생각했고, 그런 모습을 보이는 사람이 아니라고 생각했기 때문입니다.

지금 이대로 그냥 좋습니다. 무언가를 이루기 위해 마음을 다하는 것도 좋은 일이고, 혹은 가끔은 내려놓고 쉬는 것도 좋은 일입니다. 잠시 앉아 쉬는 자신을 스스로 야단치려고 할 때, 나도 그럴 수 있는 사람이라고 토닥토닥해 주면 좋겠습니다.

그러면, 더 밝게 외칠 수 있습니다. "야, 나도 그럴 수 있어!"

## 내 방에서 템플스테이

"야, 방에서 목소리 울린다."

집들이를 온 친구가 놀리듯이 말했다. 새 방을 얻은 후 들여 놓을 물건들을 고르다 지쳐 어느 순간 그 짓거리를 포기하고 없는 채로 살고 있는 중이다. 침대를 들여놓으려다가 언젠가 방을 비울 때를 떠올리다 생각을 접었고, 책상을 들일까 하다 바닥에 놓인 작은 밥상에 만족하기로 했다. 친구는 저녁 시간의 나른한 분위기를 낼 수 있는 조명을 추천했지만, 어차피 퇴근하고 집에 들어오면 잠들기 바쁘다는 말로 받아쳤다.

작은 원룸이 흡사 템플 스테이를 가서 묵었던 때와 같이 비어있음으로 가득하다. 절간의 방에는 이불 한 채, 작은 좌식 책상, 그 위에 책 몇 권, 물을 끓이는 포트와 찻잔 두어 개가 있었다. 나무 문살이 격자로 된 방문을 열어 놓으면 방으로 향 내음이 흘러 들어 왔다. 가끔 울리는 풍경 소리 따라 별일 없이 머물다 오는 그 시간이 참 좋았다. 그때를 흉내 내듯 내 방에는 이불 한 채와 작은 밥상 하나가 호젓하게 놓였다.

무엇을 대할 일이 없는 방에서는 무엇을 애써서 할 일이 없다. 주말에는 창문을 열어 방안에 공기를 채우는 동안 책을 몇 장 읽는다. 방에 머무는 일이 말 그대로 머무는 것 그 이상도 이하도 아닌 일이 되자, 집을 벗어나 주변 카페라도 가야 쉬는 기분이 나던 예전과 달리, 굳이 멀리 나서지 않아도 마음이 쉽게 되었다.

친구의 말마따나 비어있는 방에서는 소리가 울렸다. 소리가 벽을 치고 다시 돌아오는 것은, 소리를 내는 것에 신중함을 불러왔다. 한편, 딱히 방 안에 보이는 것이 없어서인지 신기하게도 내 모습과 행동이 더 뚜렷하게 보이기도 한다. 비우는 것은 결국 돌아보는 것이다. 무언가를 향해 밖으로 나 있던 시선들을 돌려 반성하는 일이 가능하게 하려면 채워 넣는 것을 멈출 필요가 있다는 걸 배우는 중이다.

작은 밥상 위에 노트북을 펼쳐 놓고 이런저런 글자들을 넣으면서, 역시나 또, 이 빈 공간을 채우려고 애쓰는 나를 본다. 지혜로운 자는 함이 없으니, 방 안의 물건을 비우듯 마음에 행동에 말에 이것저것 집어넣으려 하는 것을 멈추자.

## 술 푸다 슬픈 요즘

"독이 빠지려면 8년은 걸려!"

술자리를 참 좋아했다는 동료는 해가 지나며 이래저래 몸이 많이 안 좋아졌고, 어느 날 방문한 한의원에서 호되게 야단(?)을 맞았다고 했다. 그동안 몸에 차곡차곡 쌓아 놓은 술의 독성이 다 빠지려면 술 마신 날보다 곱절의 시간이 필요하다는 것이었다. 점쟁이 마냥 햇수까지 어림잡아 예언한 의사 양반을 상상하며 피식 웃었는데, '어릴 때 마신 술이 나이 들어서 다 티가 나는 것 같아요.' 하고 씁쓸하게 웃으며 말하는 것을 듣는 동안, 덩달아 함께 서글픔을 느꼈다. 한동안 몹시 앓고 요즘은 술을 마시지 않는 듯하다.

"저는 술이 너무 좋아요."

진짜가 나타났다. 술보다는 사람들과 함께 하는 자리의 즐거움을 좋아한다는 사람은 많이 보았지만, 술 자체를 탐닉하는 사람의 대사는 사뭇 달랐다. 마시는 술의 양이 많기도 했거니와, 술의 맛과 향에 대한 조예를 드러내는 말도 자주 했다.

술을 마시면 마음이 가벼워지고 머리가 맑아진다는 논리를 폈고, 직접 술을 만드는 지경까지 이르렀다. 초반에는 칵테일에 도

전하더니, 직접 막걸리 만드는 것을 배워 다른 사람들에게 전수하러 다니기도 했다. 시중의 막걸리는 너무 달고, 마시고 난 뒤 더부룩해진다며, 킬킬거리는 말투로 전통주의 제작 방법을 이야기하는 그는 술을 진정 사랑했다. 흥이 올라 흔들거리는 몸짓, 해맑은 웃음소리는 그의 삶이 풍류와 낭만으로 가득 차 있음을 보여주었다.

"그렇게 술 마시다가 결국 술 못 먹게 되는 날이 와요."

거의 매일같이 술을 마시는 그가 자못 걱정스러웠다. 이번에는 내가 예언자가 되었다. 결국, 미래를 걱정하지 않는 자의 즐거움은 현재에 그쳤고, 닥쳐온 큰 수술은 그에게 많은 깨달음을 주었다. 좋아하는 것에 의식 없이 빠져있는 것이 결국 좋아하는 것한테서 멀어지게 한다는 것을, 너무 큰 대가를 치르고서야 알게되었다.

안 좋다는 것을 몰라서가 아니라 끊어냈을 때의 괴로움을 알아서이다. 나를 망치고 있다는 것을 알면서도 매달려 있는 일들이 너무나 많다.

회식 자리에서 탄산음료를 홀짝이는 그는 최근 담배도 끊었다.

술 푸던 시절을 그리워하며 슬픈 요즘을 보내는 중이다.

좋은 사이

새로운 곳의 생활을 시작한 지도 꽤 지났으니, 이제는 곳곳의 일상에 익숙해졌을 거로 생각합니다. 인사를 마치고 뒤돌아서 뛰어가는 모습에 조금 안쓰러웠는데, 그랬던 것이 조금 민망할 정도로 잘 지내고 있다고 들었습니다. 그럼에도 불구하고 간간이 들려오는 소식에 사람 사이의 일로 고민을 많이 한다는 이야기가 있어 우려가 컸습니다.

사이가 뜨면 그 틈새로 찬 바람이 불어 냉랭하기 쉽고, 사이가 없으면 답답하여 자신도 모르게 각박해지기 쉬우니, 그 새를 잘 조절할 때 바로 사이가 좋다고 하는 것일 테지요.

체면 세우는 일에 매달리면 진실한 마음을 알기가 어렵기에 새를 좁히려거든 가벼운 마음으로 자신의 모습을 세우도록 하고, 반면 매사에 막역하여 거침이 없으면 가까운 사람도 멀어지게 하므로 반드시 좋은 것은 아님을 생각하기 바랍니다. 그 사이를 좋게 하는 일이 사는 동안 제일의 일이 아닌가 싶습니다.

걸리는 것 없이 마음 편히 이야기 나눌 사람이 있다는 것이 얼마나 큰 복입니까. 그런 사람을 곁에 두어 어느 힘든 날 조금은 툴툴 털어버릴 수 있다면, 마음에 늘 신선한 바람이 불 것입니다.

다만 사이를 잘 가꾸는 일이 쉽지 않다 보니, 그런 사람을 두는 게 몹시 어렵다는 게 인생의 난관이라면 난관이겠습니다. 그러니, 그런 사람이 있다면 귀하게 여겨야 합니다. 한편, 스스로 그런 사람이 되어 가까이 있는 이를 살핀다면 더 큰 복이 되어 돌아올 것이니, 마음을 잘 쓰도록 하세요.

멀리서도 늘 좋은 날이 되기를 기원하고 있습니다.
자중자애하며 지내길 바랍니다.

## 내가 호 불어 줄게요

"어디가 아프세요. 마음도 상했나요. 내가 호 불어 줄게요."

양 갈래 머리를 하고 오늘따라 유독 귀여운 조카가 쩌렁쩌렁 외치며 노래하고 있다. 유치원에서 새로 배운 동요를 할머니, 할아버지와 이모에게 보여주겠다며 시작한 노래. 식구들은 관객이 되어 일렬로 앉아 격정적으로 반응을 해 준다. 핸드폰을 꺼내 들고 동영상 찍기에 바쁜 할머니인 우리 엄마, '캬아아아' 하며 할아버지 특유의 추임새를 불어넣어 주는 아빠. 그 옆에 앉은 나는 눈물이 그렁그렁하다.

방송에는 대단한 성대를 가진 가수들이 나와, 화려한 몸짓으로 세상만사의 기쁨과 슬픔을 표현하는 시대. 세계를 들썩이는 연예인의 노래에도 그저 흥얼거리는 정도였던 나였는데, 방바닥에 앉아 여섯 살 어린이가 '내가 호 불어줄게요' 하며 부르는 노래에 이미 눈물샘이 울렁 반응을 하였다. 게다가 이 순하고 고운 노래에 어울리지 않게 조카가 열띠게 외치며 노래하는 것이 코끝을 시큰하게 했다.

어릴 적, 까진 무릎에 빨간 약을 발라 주며 엄마가 '호~' 할 때면, 숨이 불어와 살갗을 간질이는 느낌도 그렇지만, 그 무엇보다도 나의 상처를 들여다봐 주고 있는 그 모습이 훌쩍이던 마음을 가라앉게 해 주었다. 너의 아픔을 이렇게 들여다보고 있어. 이미 그것으로 되었다. 그다음은 어차피 시간이 해결해 주는 일들이다.

이것저것 덧붙여지고 덮어버리는 시간을 지나며, 누군가의 상처를 들여다보는 일에 눈을 두지 못했다. 덩달아 내 마음도 들여다보지 못하고 지나치다 보면, 어느새 흉터가 져서 그때서야 뒤돌아보며 뒤늦은 신세타령 같은 것을 한다. 본다는 것은 마음을 두는 일. 그것으로 아마 많은 일이 기쁨으로 남을 것이다.

여섯 살 어린이가 상한 마음에 호 하고 불어 주는 노래를 부른다. 행여나 허투루 전해질까 염려하는 듯이 열과 성을 다하는 조카의 손짓에, 끄덕끄덕 괜찮아지고 있다고 연신 신호를 보낸다. 아무것도 섞이지 않은 맑은 노랫말에 눈물까지 그렁그렁하며 그만 속을 숨기지 못하였다.

## 우리가 태어나기 전


희서야. 오늘은 이모가 네가 태어나기 전 너희 엄마의 이야기를 해 줄게. 어떤 이야기는 엄마가 직접 하기가 쑥스럽고 어려울 수도 있지 않을까 싶어.

엄마가 말야, 뱃속에 아기가 조그맣게 생겨났을 때, 의사 선생님한테서 그 이야기를 듣고 막 울었어. 그때는 아기가 생긴다는 것이 너무 무서웠나 봐. 이모한테 전화해서 그 소식을 이야기하는데, 하도 울먹거려서 처음엔 무슨 소리를 하는 건지 못 알아들었다니까.

엄마는 회사에서 열심히 일을 했었어. 가끔은 저녁 늦게까지 일하는 것 같더라. 회사에 들어가기 위해서 그전에 꽤 오랫동안 공부를 했었어. 하지만 결국, 뱃속의 아기가 점점 자라면서 회사를 그만 다니게 되었지. 아기를 낳고 나중에 다시 일할 수 있을까 걱정도 하고 아쉬워했어. 뭐, 회사 일이 가끔은 되게 힘들어 보이던데, 꼭 그렇게 안 좋은 일만은 아니었던 것 같기도 해. 하지만, 그 후에 아이를 키우며 새로운 일을 시작하는 것이 녹록지 않다는 것을 보게 되었어. 무언가를 다시 배우고, 익히고, 시험을 통과하느라 애쓰는 일들을 겪는 엄마를 보면서 때로는 안쓰럽기도 해.

희서를 낳기 전에 엄마랑 이모가 같이 여행을 간 적이 있어. 뱃속에 있는 아기가 직접 보는 것도 아닌데, 엄마는 아기가 좋은 경치를 보고 즐겁기를 바라고 있더라. 맛있는 것을 먹을 때도, 수영장 물에 들어가 있을 때도, 엄마는 아기가 좋아했으면 하고 바랐어. 엄마는 어느새 아기 생각을 많이 하면서 살고 있더라고. 아기를 낳고 기르는 것은 처음이라며, 하나씩 차근차근 준비하고 마음을 다잡는 모습이 대견했어. 엄마랑 이모는 쭉 같이 컸으니까 어릴 때의 모습도 기억하고 있잖아. 이제 그런 꼬맹이의 모습이 사라지고 정말 어른이구나 했지. 이모보다 훨씬 더 큰 사람 같다고 생각했어.

희서가 태어나길 기다리면서, 이모는 이모의 엄마를 생각했어. 희서의 할머니 말이야. 내가 태어나기 전의 우리 엄마는 그저 사진 속 이미지로만 상상했었는데…… 젊고 활기찼던 우리 엄마가 나를 낳기 전에 무엇을 포기했을까. 무엇을 걱정하고, 무엇을 기대했을까. 아마도 나를 이 세상에 내놓으면서 엄마는 인생의 많은 것들을 내려놓았을 거야. 그리고 그보다 많은 것들을 나에게 넘겨주고 내가 그것들을 좋아하며 살기를 바라셨을 거야. 아이를 낳고서야 부모의 마음을 알게 된다는데, 이모는 직접 낳지도 않은 조카를 보면서 우리 엄마를 다시 한번 바라보게 되었네.

너를 품에 꼬옥 안는 네 엄마의 표정을 담아두었다가 훗날 보여주고 싶구나. 그리고 그 안에 폭 싸여있는 너의 표정도. 이모가 그 모습에서 마음이 포근해진다는 이야기를 해 주고 싶어. 어디에도 저장되어 있지 않은 어린 시절의 어느 한 순간을 현실 세계에서 라이브로 보는 것 같거든. 젊은 시절의 할머니가 아기 때의 이모와 너희 엄마를 그렇게 안아 주었겠지. 그리고 우리도 지금의 너처럼 행복해 했을 거야.

엄마 손을 놓고 혼자 걷는 삶을 살게 되면 아마도 지치고 힘든 날이 오겠지. 그때 엄마의 배에 팔을 두르며 까르르 웃는 지금의 그 느낌을 떠올릴 수 있다면 아마도 세상을 사랑하며 살 수 있지 않을까 싶다.

늦은 감이 있지만, 덕분에 이모도 그걸 알아 가며 사는 것 같아. 그래서 아주 작은 너이지만 두 손 모아 고맙다고 말해 주고 싶어.

늘 행복하자~.

## 인생에 처음인 것

조카가 제 엄마의 손을 놓고 계단에 한 발을 올렸다. 어어 하는 사이 난간을 움켜쥐더니 다리에 힘을 잔뜩 주고 다른 발을 끌어 올렸다. 어린 딸을 바라보는 동생의 눈에 걱정과 기대가 서렸다. 난간을 잡은 손의 방향을 이리저리 바꾸기도 하고, 따라오는 발이 계단에 제대로 올려지지 않아 잠시 휘청이기도 하면서 조카는 한 계단 한 계단 올라섰다. 으유! 아유! 하는 힘주는 소리가 귀엽고 웃기다고 생각했다.

그 장면을 나는 영상으로 기록해 두었다. 끙끙대며 오른 조카가 마지막 계단에서 숨을 내쉬며 뿌듯해하는 표정과, 엄마와 이모가 박수치며 탄성을 보내는 배경음에 '나 봤어?' 하는 듯이 웃어 보이는 어린 조카의 모습이 함께 담겼다. 혼자서 계단을 처음 오른 날이었다. 지금은 서너 개쯤 되는 계단 위에서 홀쩍 뛰어내리며 재주를 피워 놀라게 하는 수준이 되었지만, 난간을 잡고 한 발씩 올리며 온몸에 힘을 주던 그 장면은 나에게 소중한 무엇이 되었다.

지금은 익숙해져 의식하지도 못 하는 일들에, 처음이 있었다. 힘이 잔뜩 들어가 애를 쓰면서 느리게 느리게 해내 본 그 일이 있었던 것이다. 지금 그때가 기억나지 않는다는 건, 켜켜이 쌓아온 것들에 가려져 있기 때문일지도. 그만큼 많은 반복이 지금의 나와 당신과, 상황들을 만들고 있을 것이다.

나약하게 느껴질지라도, 엄마 손을 놓는 그 찰나 이미 내 삶을 스스로 살아가는 것의 시작이었는지도 모른다. 우리는 모두 인생 처음 부모님의 손을 놓았던 그 순간이 있다. 동시에 걸음마를 시작하기 위해 부모님은 우리의 손을 기꺼이 놓아주었다. 그 이유로 지금 내 걸음을 걷고 있다.

한 발씩 계단 위로 발을 올리는 조카의 눈빛에서 자기 삶을 만들어가는 사람의 생동감을 볼 수 있었다. 그래서인지 휴 숨을 내쉬며 웃는 모습에 기쁨이 가득하다. 나 역시 내 삶에 스스로 가꾸는 시작점을 만들어가고 싶다. 어둡다는 핑계보다는 내 안에서 빛을 내고 길을 밝히며 갈 때, 진정한 기쁨이 나오지 않을까 싶다. 누구를 탓하지도, 원망하지도 않는 마음으로, 그것으로 타인을 진심으로 만나고 싶다.

## 쇼핑 앱에 육아 용품이 뜨기 시작했다

고객님을 위한 추천 상품! 주르륵 육아 용품이 떴다. 아기 옷, 아기 젖병, 아기 욕조, 아기 장난감…. 결혼도 하지 않은 나는 쇼핑 앱을 켤 때마다 수유를 위해 가슴 부분이 절개되어 있는 옷도 접하게 되었다. 조카의 탄생을 맞이하며 한동안 육아 용품을 검색하던 나를, 알고리즘은 기똥차게 알아본 것이다. 하지만 나에게 다른 상품들도 필요할 수 있다는 사실은 모르고 있었다.

조카가 쑥쑥 자라는 동안 검색 알고리즘도 함께 성장하였다. 어떻게 알았는지 조카의 돌잔치 무렵에는 돌 상차림 상품들을 떠우더니, 뒤집기를 하고 의자에 앉을 수 있게 되자 귀엽고 깜찍한 아기 의자를 들이밀기도 했다. 어머, 이건 꼭 사야 돼! 라는 마음이 불쑥불쑥 튀어나왔다. 시기에 맞게 딱 필요한 것이니 이모의 센스를 보여줄 기회였다.

조카가 고사리 손으로 색연필을 움켜쥐고 한글의 초성을 그려대고(!) 있던 어느 날. 쇼핑 앱은 나에게 친환경 나무로 만든 한글 블록을 구입하는 게 어떻겠냐고 말을 걸어왔다. 전문가의 연구로 만들어진 한글 블록을 당신의 조카가 가지고 놀게 된다면, 블록 쌓기 놀이를 하는 것처럼 보여도 사실은 한글을 자동으로 익히게 될 것이라고 했다. 솔깃했다. 당신의 동생은 딸의 한글 공부를 생각해 주는 언니에게 무척 고마워할 것이라고 속삭였다. 내추럴한 나무 색깔로 할지, 알록달록 컬러가 입혀진 것으로 할지만 선택하면 된다고 했다. 장고 끝에 조카의 두뇌 발달까지 고려해 컬러 한글 블록을 구입했다. 다행히 조카는 블록을 쌓고 무너뜨리기를 좋아했다. 다만, 한글을 배우는 중인지는 알 수 없었다. 기억과 비읍과 미음 형상을 한 블록들이 사방에 우르르 흩어지고, 이응이 데굴데굴 구를 때, 그것이 한글을 익히는 과정이라고 믿고 싶었다.

선물이 뭔지도 모르던 유아 시절이 지나고, 생일 선물과 어린이날 선물, 그리고 크리스마스 선물이 모두 다른 의미라는 것을 아는 시기가 왔다. 때에 맞춰 어김없이 알록달록 장난감으로 도배되는 쇼핑 앱은 조카의 나이 대에 맞는 수준별 장난감을 늘어놔 보인다. 몇 해 전까지만 해도 아이스크림 모형 쌓기 같은 단순한 행동을 위한 놀이감이 뜨더니, 최근에는 세밀한 손작업이 필요한 레고 블록이 뜨는 것이다. 짐짓 첨단의 기술에 감탄하게 된다.

내년이면 학교를 다니게 되는 조카를 위해 쇼핑 앱은 무엇을 준비하고 있을까. 직접 고민하기에는 능력이 모자라고 경험이 미천한지라, 쇼핑 앱의 탁월한 선별력과 선견지명은 큰 도움이 될 것이라 믿어 의심치 않는다. 다만, 엄마와 이모를 구분하지 못하고 있는 것 같아서 조금 걱정인데, 자녀의 성적을 고민하는 엄마 입장에 맞춰 주느라, 문구나 문제집 같이 식상하고 재미없는 것들을 추천하는 일은 자제해 주길 바라는 중이다.

# 딸보다 조카가 좋은 이유

제목을 써 놓고 다시 생각해 보니, 딸보다 조카가 더 좋은 이유라기보다는 내가 직접 낳은 내 딸이 아니라서 좋은 이유가 더 맞는 것 같다. 귀엽고 사랑스럽지만, 내 자식이 아니라서 나에게 더 큰 행복의 이유가 되는지도 모르겠다.

## 1. 책임은 적고 귀여움은 크다

귀엽고 깜찍한 조카에게 헤벌쭉 빠져 있을 때, 동생이 말했다. 언니는 이럴 때만 가끔 봐서 그렇게 좋아하는 거야. 맞다. 나에게는 이 어린 생명체에 대한 책임이 적다. 이모인 나는 안아 주고 예뻐하는 일 외에 중요한 생명 활동, 먹고 싸는 일을 감당하는 것에는 감히 나서지 못했다. 나는 밤새 칭얼대며 잠을 못 자게 하는 조카를 경험한 적이 없다. 울며 떼쓰는 조카 때문에 안절부절해 본 경험도 없다. 빵끗 웃는 조카의 모습을 귀여워하고, 걸음마를 시작한 모습에 감탄했다가, 어느 날 숫자를 세는 것에 무한 박수를 쳐 주는 존재로 함께했다. 그래서인지 상대적으로 귀여움은 크다. 밥을 먹으려고 애를 쓰는 부모의 노고가

지나고 난 뒤, 이모는 그저 간식거리를 쥐어 주며 해맑은 조카와 놀아 주면 되는 것이다.

## 2. 느슨한 연대의 편안함이 있다

강한 연결은 한편으로는 꽤 괴로운 것이다. 누구나 느슨한 연결 안에서 자유롭고 편안하고픈 욕구가 있는데, 이모와 조카는 그것을 서로 충족시킨다. 이 얼마나 평화로운 관계인가. 이모는 조카의 삶에 대해 이래야 한다, 저래야 한다 할 일도 없다. 조카는 이모에게 과도하게 요구하지 않는다. 어차피 부모님도 아닌데 뭐. 서로에게 모든 것을 내주지 않고 적당하게 내주며 모든 일상을 다 공유하지도 않는다. 즐거운 마음으로 만나 낄낄대며 놀다가, 각자의 일상으로 돌아가는 이 관계의 편안함은 모든 인간관계의 궁극적인 지향점이라고 해도 과언이 아니다.

## 3. 내 눈치를 보지 않는다

눈치를 봐야 하는 상대는 불편하다. 동시에 내 눈치를 보는 상대 역시 불편하다. 진솔하게 만나지 못하고 이것저것 재고 있는 것을 느끼면 사이에 오묘한 긴장감이 스민다. 조카는 밥 먹기 전에 사탕을 먹어도 될까, 엄마의 눈치를 볼지언정 이모의 눈치를 보지는 않는 것 같다. 바로 옆에 엄마가 있는데도 눈치 없이 자신이 원하는 것을 이모를 향해 큰소리 빵빵 치며 말하는 바람에, 오히려 이모인 나는 사탕을 줘도 될까 동생의 눈치를 보게 된다. 말해놓고 아차 싶었는지 조카가 제 엄마를 향해 눈길을 돌린다. 이모와 조카가 동시에 한 사람의 눈치를 보는 상황, 우리는 하나다.

## 어쩌다 이모

동생이 딸을 낳은 지 어언 5년이 되었다.

뭐 하나 저 스스로 하는 것이 없어 보였던 이전과는 사뭇 달랐다. 동생은 이미 나보다 한 수 위의 어른이 되었다. 엄마와 아빠가 '할머니'와 '할아버지'로 불리는 모습도 어색하기 그지없다. 이미 시절 따라 주름이 지고 있었지만, 괜히 질질 끌며 모른 척하고 있었던 그들의 늙음이 갑자기 눈앞에 놓였다. 호칭 하나로 생애 주기에 이렇게나 단호한 경계가 생기다니 놀라울 따름이었다.

나는 '이모'로 불리게 되었다. 이전까지는 그저 친인척 간의 관계를 가리키는 낱말 중 하나였지만, 말을 시작한 꼬맹이가 '이모' 하며 입술을 동그랗게 모아 소리 내는 모습은, 내가 이모라는 사실을 한껏 기쁘게 만들었다. 허리가 나가도록 몸으로 미끄럼틀을 태워 주고 팔이 떨어지도록 어부바를 해내는 것이 그 귀여움을 거부하지 못한 대가였다. 그렁그렁 눈망울을 한 채 '쉬…' 하고 말하면 둘러메고 화장실로 내달리는 면모도 갖추게 되었다.

주 양육자의 삶을 따라갈 수 없는 미천한 역할이지만, 양육과 같은 그 무엇에 대해 의무감 비슷한 것을 느끼며 몸을 내던지게 되는 희한한 역할이 바로 이모인 것이다. 아기의 발달 과정을 검색해 보고, 필요한 물건들을 고르면서 그저 우리 조카가 행복하기를 바라는 순박한 꿈을 한 켠에 가지게 되었다.

　　엄마와 생김새도 목소리도 닮아서인지, 조카는 이모를 잘 따랐다. 그 덕에 구석에 놓여 있어 보이지도 않던 어떤 생각들을 꺼내 보는 날이 잦았다. 해맑은 표정으로 '왜?'라고 물을 때마다 나의 성심과 정성과는 상관없이 웬만한 답변으로는 씨알도 먹히지 않았다. 조카가 집으로 돌아간 후에도 'ㅇㅇ이란 무엇인가' 고민을 했다. 사물과 현상의 겉만 보고 있던 나에게 그 너머도 들여다보게끔 하는 녀란 녀석. 추상화에 가까운 글자에서 맥락을 읽어 내는 능력도 덩달아 얻게 되었다. 어느 날 뜬금없이 배워 온 말을 들었을 때는 그 의미를 다시 바닥부터 세워 보기도 하고, 우연히 보게 된 손짓 하나로 혹시나 해서 나의 몸짓을 하나씩 다시 살피기도 했다.

　　살면서 누군가를 만나고 새로운 일상의 점들을 이어가는 것이 방바닥에 누워 지루한 TV 방송을 보듯 그냥 그렇게 이루어지는 것인 줄 알았는데, 이 작은 한 사람의 탄생은 우리 각자의 삶에 새로운 방을 만들어 주었다. 아니, 그동안 불이 켜지지 않았던 방에 반짝 불이 들어온 것인지도 모른다. 처음 열어 보는 그 방에 귀여운 조카를 들이고, 그 뒤로 문을 열 때마다 이모라는 사람이 되어 조카가 만들어 가는 삶의 그물코를 함께 엮어 나가는 중이다. 조카가 가꿔 가는 작은 방에도 내가 있겠지….

새롭게 등장한 이 인물과 함께 놀라움과 즐거움이 교차하는 시간을 보내며 나도 또 하나의 새로운 얼굴을 만든다.

## 선물은, 있으면 꼭 갖고 와

"좋아하는 사람이 싫어하는 걸 안 하는 게 더 중요한 거지."

오랜 연애로 지루해지다 못해 기념일도 그다지 특별하지 않게 느껴지는 시기가 오자, 허전한 손으로 나타난 그는 하는 것보다 안 하는 게 중요하다는 심드렁한 이야기를 하였다. 맞는 말이네. 섭섭했는지 어쨌는지 기억이 나지 않는다.

. . .

별 모양 무늬의 포장지를 집어 들었다. 손에 반짝이가 묻어날 듯이 엄청나게 휘황찬란한 그것으로 알록달록한 장난감 세트를 포장할 셈이다. 크리스마스라서 그렇다. 크리스마스를 기념하던 때가 언제였나. 그와 만날 일이 없게 된 후로, 내 삶에 반짝이 포장지는 없는 줄 알았다. 지금 6살 어린이를 위해 어떻게 하면 더 눈부시게 할까 심혈을 기울이는 중이다.

"이모! 선물은 없어도 돼. 있으면 갖고 와도 되는데, 없어도 돼. 그런데 있으면 꼭 갖고 와!"

손을 모아 쥐고 몸뚱이를 배배 꼬는 조카가 화면 속에서 다다다 말했다. 속을 다 내보이고 저도 웃기는지 마지막엔 이히히 웃었다. 없어도 되지만 있으면 꼭 갖고 오라니. 선물을 준비해야만 한다!

진열되어 있는 장난감들 사이에서 어떤 것이 나은지 따지다가 주차 요금 할인 시간을 넘겼다. 아빠를 따라 나선 아이가 사 달라고 떼쓰는 걸 훔쳐본 뒤 얼른 집어 들기도 하고, 유치하기 짝이 없는 인형을 앞으로 보고 뒤로 보고, 상자 곳곳에 박힌 동글동글한 글자들을 빠짐없이 읽어보면서, 누군가를 기쁘게 할 생각으로 시간을 보냈다. 나는 그런 사람 아니었는데 그러고 있었다. 좋아하는 사람이 좋아하라고 마음 쓰는 게 좋아하는 거지. 문득 생각하였다.

그리고, 다시 생각했다.
나도 그냥 마음을 다 들켜 버릴걸.

# 동심에 동하는 순간

찢어진 우산을 주워 지붕을 얹고, 라면 박스로 벽을 세운 우리들의 아지트. 나뭇가지와 벽돌로 인테리어를 한 내부는 화려하지는 않아도 나름 우리의 창의력이 듬뿍 담긴 공간이었다. 안락한 그 안에 웅크리고 앉아 킥킥거리고 있노라면 세상 부러울 것이 없었다. 어느 날인가, 동심을 이해하지 못하는 아무개 어른에 의해 부서지고 망가져 한구석 쓰레기 더미로 쌓여있는 모습을 보았을 때, 억장이 무너진다는 것이 무엇인지는 몰랐다 해도, 하여간 제대로 경험했다는 생각이 든다.

어린이의 마음에는 쓸모없는 것이 없다. 편리함이나 유용성 따위는 생각하지 않는다. 이득을 남길 수 있는가는 더욱 관심 영역 밖이다. 때로는 온전한 형태마저 딱히 중요하지 않을 때도 있다. 뼈대만 남아 있는 우산에서 지붕의 모습을 보았으므로 소중하고 귀한 것이다. 이제 다 헤지고 어딘가 한군데씩 떨어져 나간 것들인데도 애틋하게 보관하는 장난감들을 보고 있으면, 보이는 것 저 너머에 대한 사유를 만나는 것 같기도 하다. 그에 비해 상대적으로 사물의 가치를 헤아리는 어른들의 마음은 얼마나 차원이 낮은 것인가.

소유함으로써 무언가를 지배하고 싶어 하는 어른과 달리, 아이들은 그것을 통해 지위나 명예, 권리 따위를 얻고 싶어 하지 않는다. 동심의 세계에서는 본래의 기쁨만을 소유한다. 인간적이고 평등한 즐거움을 어른들이 이해하게 된다면 아마도 세상은 진짜 행복으로 가득할 것이다. 사는 내내 아늑한 아지트를 찾아 발을 동동 구르는데도 늘 멀리 있는 이유는 어느샌가 스며든 줄자가 마음속에서 이리 재고 저리 재고 하는 중이기 때문이다. 그러는 동안 어른들은, 세상은 그리 해맑은 곳이 아니라고 말하며 찢어진 우산과 눅눅한 박스를 저 쪽으로 한 번에 쓸어 버렸는지도 모른다.

동심에 마음이 동하는 순간, 타고난 기쁨을 다시금 확인하게 된다. 아 우리는 사는 것을 좋아하고 그 진가를 이미 알고 났구나 하는 생각에 마음이 부푼다. 그래서 나도 모르게 미소를 짓고 그 아이의 마음이 내 안에 둥지를 틀도록 기꺼이 내버려 둔다.

· · ·

추석 명절을 맞아 유치원에서 소원을 비는 이벤트를 했는가 보다.

달에게 소원을 빌어 보세요. 라는 문구 아래에 우리 귀여운 조카가 적었다.

"우리 집에 풍선이 많았으면 좋겠어요."

## 조카가 내 이름을 불러 주었을 때

*"내가 그의 이름을 불러 주었을 때,*
*그는 나에게로 와서 꽃이 되었다."*
*- 김춘수 〈꽃〉 중에서*

"이모는 엄마랑 이름이 똑같네!"

한글의 자음과 모음 그리기(!)에 재미를 붙인 조카에게 한번 따라 해 보라며 식구들의 이름을 하나하나 써 주었다. 엄마 이름과 이모 이름을 가지고 굵직한 색연필로 도화지 가득 추상화를 완성하더니, 대단한 것을 발견한 듯 외치는 한마디에 둘러앉은 식구들이 파하하 웃었다. 그러고 보니, 두 사람의 이름에서 선 하나의 위치만 딱 달랐다. 동그라미와 작대기들이 요리조리 서 있는 그림 안에서 두 이름은 차이가 없어 보일만했다.

동생과 한 침대를 같이 썼던 어린 시절, 잠들어 있는 우리 둘을 내려다보고 그 시절 아버지가 농담처럼 하시던 말씀. 누가 누구냐. 한 배에서 태어나 나이 차 얼마 나지 않는 우리 둘은 눈을 감고 누워 있으면 구분하기 어렵다고 하셨다. 가끔은 장난처럼 이름도 다르게 불렀다. 돌림자를 써서 비슷한 이름을 가진 까닭이었다. 나를 부르며 동생 이름을 외치기도 하고, 동생을 보며 내 이름을 불러서, 정작 대답해야 할 사람이 알아채지 못하는 때가 종종 있었다. 우리는 자신의 존재를 결정짓는 그 무언가를 열심히 찾아내 확인 시켜 주곤 했다. 얼굴에 점의 위치가 이렇게 다르다던가, 눈썹이 다르다던가 하면서.

타인에게 자신의 존재를 확인시켜야 하는 일은 동생에게 더욱 고된 일이었다. '○○의 동생'으로 불리는 것은 무엇을 하든 언니라는 기준이 옆에 서 있는 것과 같아서, 한창 심사가 사납던 동생의 사춘기 시절을 힘들게 만들었다. 나에게는 별로 없었던 그 경험이 동생의 속에 돌덩이를 하나 만들었는지 나이가 들어서도 눈물을 떨구며 이야기하곤 했다.

조카에게 이모는 엄마랑 비슷하지만 다른 사람. 그나마 엄마는 엄마이고, 이모는 이모였는데, 이름을 쓰는 순간 되레 같은 사람이 되었다. 왜 같은 이름을 쓰냐고, 왜 똑같은 사람이냐고 하는데, 세상과 나를 구분 지어 주는 것이 무엇인지 조카가 묻고 있는 것만 같다. '이모는 엄마의 언니야' 하고 엄마에게 딸린 작은 사람이 되어 헤헤 웃어 보였다. 너에게 한없이 큰 엄마라는 기준, 그 옆에 서 있는 사람이야.

우리들은 모두 무엇이 되고 싶다. 어떤 이름이든, 나는 너에게 엄마는 아니지만 엄마 비슷한 그 무엇의 눈짓이 되고 싶다.

## 가끔은 엄마보다 이모가 좋은 이유

말을 배우기 시작할 무렵 뜬금없이 '엄마'라 했다가 '아 참, 그게 아니지.' 하는 표정을 짓는 조카에게, 나는 '엄마가 아니고 이모라니깐.' 하고 말해주곤 했다. 한 두 해가 지나고 나서는 일부러 장난을 치듯 '엄마! 아니지, 이모!' 하며 불러대는 조카의 눈빛을 보면, 엄마와 비슷하지만 엄마와 구별되는 이모는 참 다행스런 존재인 것 같다.

### 1. 야단은 적고 선물은 많다.

밥상을 놓고 그 주위를 뱅글뱅글 도는 것이 열 바퀴가 넘어갈 즈음, 엄마의 목소리가 달라진다. 하이톤으로 웃으며 이름 두 글자만 부르던 엄마가, 이럴 때는 한껏 낮아진 톤으로 이름에 성까지 붙여서 세 음절을 둥, 둥, 둥 읊어낸다. 눈치를 보며 스르륵 자리에 앉을 때, 이모는 곁에서 '그래, 밥 먹을 때는 밥 먹어…' 눈을 피하며 숟가락을 든다.

서럽고 속상해 올 때면, 엄마가 그만 울라고 하는 바람에 더

오기가 받칠 때가 있지만, 이모는 울음을 그치라고 명하지 않는다. 그저 안절부절 할 뿐. 엄마에게 야단맞을 일이 있으면 이모는 스윽 자리를 피하고, 상황이 종료되면 나타나 해맑게 놀이에 동참한다. 야단은 적고, 가끔 선물을 주는 인물은 6살 인생에 당연히 좋은 사람.

## 2. 엄마랑 비슷하지만 엄마는 아니다.

엄마랑 생김새가 닮았다. 유전자의 힘을 드러내듯 가끔 엄마와 이모가 같이 수다를 떨 때는 마치 한 목소리가 말하는 것 같다. 엄마랑 이모는 어릴 때부터 같이 살았다고 하는데 어느 때는 놀라는 것도 푸핫 웃는 반응도 비슷하다. 과연 엄마와 유사한 인물이라 하겠다.

하지만, 이모가 엄마는 아니다. 아마도 그 점은 자라면서 점점 더 큰 장점으로 작용할 것이다. 엄마에게도 보여주고 싶지 않고, 말하고 싶지 않은 것들이 생기는 시기가 올 테니 말이다. 엄마는 오히려 너무 가까워서 고민된다면, 이모는 슬쩍 다가와 안정감을 주다가도 또 슬그머니 멀어져 안심하게 만드는 존재가 될 것이다.

## 3. 엄마는 매일 보지만 이모는 가끔 본다.

유치원에서 배운 율동을 다 외우지 못해 집에서 버벅거리며 연습하는 모습을 엄마가 모두 공유하고 있다면, 가끔 보는 이모에게는 완벽하게 마스터한 율동을 선보일 수 있다. 일주일에 두어 번 만나 그동안 연습한 율동과 노래를 보여주고, 써놓은 글자들을 내보이면 물개 박수를 치며 감탄하는 이모. 존재감을 확인하게 되고, 뿌듯하게 차오르는 마음은 그간의 노고에 대한 보상이 된다.

어떠한 일의 과정으로 겪어야 하는 게으름과 나태함을 모두 공유하는 엄마에게서 잔소리가 날아올 위험이 있다면, 이모는 그저 좋은 결과물을 보고 리액션 좋은 방청객 마냥 기쁨을 준다. 느슨하게 하루를 보내는 것 같다가도, 가끔 만나는 이모를 통해 늘 새롭고 짜릿한 일상을 확인할 수 있다.

## 어린나무 같은 너의 가족에게

동생이 결혼하기 이틀 전이었나, 하루 전이었나. 무슨 일이었는지 밤늦은 시간에 식구들이 텔레비전 앞에 모여 앉아 있다가, 엄마가 도토리묵을 접시에 수북하게 무쳐서 작은 소반에 내왔다. 엄마는 가끔 심심한 시간을 한 번에 해결하려는 듯 도토리묵을 솥 한가득 만들어서는, 이번 도토리묵이 잘 되었느니 아니니 하는 말씀을 하며 무쳐내곤 하였다. 식구들이 그 작은 소반에 옹기종기 둘러앉아 '되게 맛있다' 뭐 그런 소리들을 하면서 한밤중에 도토리묵을 먹었다.

내가 그 시간을 기억하는 이유는… 아, 동생이 결혼하고 나면 이제 이렇게 넷이 둘러앉아 있을 일은 다시 없겠구나. 그 순간 문득 드는 생각에 혼자 울컥했기 때문이다.

다들 결혼 전에 우여곡절이 많다던데, 그것을 바로 옆에서 보는 일은 참 괴로운 일이었다. 당사자는 말할 것도 없을 테지만, 한 가정이 새로 꾸려지는 일은 많은 사람들에게 큰 변화를 만드는 일이었다. 우리는 그 변화와 예측할 수 없는 결과를 두려워했다.

딸의 독립을 처음 맞아 보는 부모님도 아마 갖가지 것들로 마음이 산란했을 것이다. 좋은 일을 앞두고 있다고 보기 어려울 만큼 서로에게 송곳 같은 말들을 하고, 어느 날은 잠들기 전 이불 속에서 훌쩍거리는 동생을 보았다.

두 사람은 결혼을 하고 행복하게 살았답니다. 라는 이야기가 세상 제일가는 거짓말로 느껴질 만큼 결혼 후에도 동생은 내가 잘 모르는 걱정거리와 어려움들을 풀어놓았다. 엄마는 딸의 어려움을 자신의 고통인 것처럼 겪으며 두 팔 걷고 나섰다. 하지만 그런 일들은 종종 서로에게 더 큰 괴로움을 안겨 주었다.

"이모! 나 엄마랑 아빠랑 여기서 이렇게 사진 찍어줘!"
네모 화면 안에 동생네 가족을 담아 본다. 하나, 둘, 셋. 소리에 개구쟁이 조카가 손가락으로 브이를 연신 만들고, 혀를 내밀어 메롱을 했다가, 한발로 폴짝거리며 박자를 맞췄다. 헤헤헤 하는 웃음소리에 마음이 온유해진다. 절로 웃음 짓게 만드는 그 작은 몸짓 덕에 저장된 사진에는 모두 입을 벌리고 한껏 웃고 있다.

어린나무 같은 그 가족에게 행복을 빌어 본다. 우리가 할 일은 따스한 햇빛으로 지지를 보내 주고, 거칠게 땅이 마를 때 적절히 비를 뿌려 주는 것일 뿐. 오롯이 서 있는 그 가족의 네모 화면 안에 함부로 뛰어들지 않는 배려가 필요하다.

서로를 어떻게 사랑해야 하는지 모르고 우왕좌왕하는 식구들 사이에 새로 등장한 조카는 깨진 조각을 이어 붙이는 접착제마냥 우리를 한 군데에 둘러앉게 만들었다. 모여 앉은 식구가 늘어나니 도토리묵 무침 접시는 더 큰 밥상에 올려졌다. 흘러가는 시간이 딱지 앉은 상처에 바람을 불어넣어 주고, 흉터가 희미해질 즈음, 나이 든 동생이 딸을 위해 도토리묵 무침을 상 위에 올리는 날이 올 것이다. 든든한 줄기를 세운 나무처럼, 서로에게 든든한 버팀목이 된 가족이 되어 있기를 바라 본다.

　　이모는 그 자리에 없다고 해도 서운하지 않다.

## 소개팅에 개그맨 지망생

그는 개그맨 지망생이라고 했다. 무지개 색깔의 가방을 들고 온 그는 뽀글뽀글 펌을 한 머리와 굵은 테의 동그란 안경을 쓰고 있었다. 무대 위의 분장을 한 채 그대로 온 것인가 하고 생각했다. 첫눈에 범상치 않음을 느꼈다. 친구의 주선으로 나간 소개팅 자리의 남자였다.

"그 사람 딱 보자마자 너랑 천생연분이라고 생각했어."

나중에 친구의 말을 듣고, 그 소개팅 자리는 내가 모르던 나의 이미지를 시각화하여 본 자리였다는 것을 깨달았다. 하긴, 남을 웃기는 데 소질이 있다고 생각했던 어린 시절이 있었다. 별 실없는 농담을 해서 친구들이 킬킬 웃어대면 괜히 기분이 좋았다. 하지만 고등학교 입학을 앞두고 어느 때인가 '아 사는 건 힘든 거구나'라는 생각을 했던 기억이 또렷하다. 점차 생각이 많아지는 시기여서 그랬을까. 비웃음과 냉소로 일관하는 시간을 지나왔다.

다행히 타고난 기운은 어쩔 수 없는 것인지, 쾌활한 일상을 만들고 싶은 요즘. 세상이 어이없이 내 탓을 한들, 조금은 너그럽게 보려는 마음이 든다. 나이가 들어서 그런 걸까…. 얼마 전, 아이들이 나를 설명하는 단어로 '평화로운', '재미있는'을 들어서 놀랐다. 평화롭다니. 너희들 덕에 내 연기력이 물이 올랐구나 싶어서 웃었고, 재미있다는 말에는 마치 마른 풀에 다시금 생기가 솟는 듯해서 기뻤다.

"너를 만나면 눈인사를 나눌 때부터 재미가 넘친다."
간만에 사진첩을 들여다보다가 예전에 동료 선생님이 주신 용혜원 시인의 시를 보았다. 시를 보며 나를 생각했다는 것인데, 종이를 받아 들며 단어 그대로 재미 넘치게 와아 하며 웃었던 기억이 난다. 당시에 모 연구팀의 조교 비슷한 것을 하며 전화통을 붙들고 매일 옥신각신하고 있었고, 오랜 시간을 함께한 애인과는 그만 보느니 마느니 하며 속이 잿덩이가 될 때였는데, 생각보다 잘 지낸 모양이다. 뭣보다, '너를 만나면 더 멋지게 살고 싶어진다.'는 마지막 구절은, 뭐 구구절절 지나간 일들이야 어쨌든 앞으로 내놓을 것들에 대한 생각을 거창하게 만들었다.

시답잖은 말로 피식하게 했던 능력을 밑천 삼아, 내가 하는 말과 행동이 누군가에게 그동안 잘 살아온 것 같은 기분이 들게 하면 좋겠다. 더 멋지게 살아가고 싶어지게 만드는 깨알 같은 기쁨이 되면 좋겠다. 나 좋자고 한 일이 누군가에게도 좋은 일이면 좋겠다.

쇼펜하우어는 명랑함을 제1의 행복의 원천이라 했다. 쇼펜하우어가 그 외에 어떤 말을 했는지는 잘 모르겠지만, 일단 가장 중요하다 말하는 그것이 참 마음에 든다. 나에게 행복한 사람이라고 칭찬해 주는 것 같다.

나는, 행복한 사람.

한
수
정

**한수정**

나를 위해, 누군가를 위해 오늘도 나는 이렇게 글을 씁니다.
내가 힘을 내기 위해 쓴 글 속에 어느 구절이 누군가의 마음에 닿아 힘이 되
기를 소망해 봅니다.

## 예전엔 그랬는데, 지금은 아닌 것


어떤 인연이 닿아 관계를 맺고, 만나고, 대화를 나누다 보면.
아, 이 사람 참 성숙하구나,
싶은 사람이 있다. 나보다 한참이나 어리더라도 말이다.

어쩜 이렇게 어른스러울까, 속이 깊을까.
그 깊은 마음에 반해, 낯가림 심한 내 마음이 스르르 열리고 만다.
활짝 열린 그 마음이 전해져서 일까,
지난 날 아팠던 이야기를 내게 털어 놓는다.
지금에서야 웃으며 전할 수 있는 이야기라며.

'아, 얼마나 아팠을까.'

아픔이 고스란히 전해지는 기분이다.
기분 탓일까, 가슴이 저려 온다.
깊고 성숙한 그 마음은 아마
그 시절 아픔의 결과물이 아닐까 하는 생각을 해 본다.

예전에 나는 작은 충격에도 금이 가 깨져 버리고 마는
얇은 유리잔 내지는,

살짝 구부려도 확 꺾여 힘이 가는 대로 접혀 버리는 가는
알루미늄 캔 같은 사람이었다.
지금 나는 그렇지 않다.
아픔에 흔들리기는 하지만, 휘둘리지 않는다. 무너지지 않는다.

아이러니하게도 시련 덕분이다. 아픔을 견딜 수 있는 마음의 강도
는 상처 났던 아픔의 크기만큼 커졌다. 상상하지도 예상하지도 못
했던 갑작스런 시련, 그날의 사건 덕분에 단단해졌다.
시련의 망치가 탕탕탕탕! 무르고 여렸던 마음을 두드리고 두드려
단단하게 다져 준 것 같다. 그게 아니면, 튼튼함을 못박아 준 건지
도 모르겠다.

예전에 나는 연약하고 물렀다. 지금은 그렇지 않다.
지금의 단단한 나를 만든 건,
시련 때문에 지난 날 아파했던 '나'이다.

## 지금에서야 알게 된 것

"당신이 가장 슬플 때는 언제인가요?"

누군가 나에게 물었다. 어쩌면 흔하거나 사소한 질문인데, 선뜻 대답하지 못하고 멍해졌다.

슬픔이 느껴지면 그저 느꼈을 뿐, 내가 언제 슬픈지, 가장 슬플 때는 또 언제인지 생각해 본 적이 없어서 그 짧은 한 줄의 질문에 눈을 끔벅일 뿐이었다. 의도치 않게 침묵으로 답했다. 잠시만 시간을 달라고 했다.

'내가 슬픔을 느끼고, 가장 슬플 때는 언제일까?'

아, 얼마 전에도 슬픔이 나를 감싸 주체할 수 없었지. 그리고 그 슬픔은 나로 인한 슬픔이 아닌, 가족의 아픔으로 인한 슬픔이었어.'

"나는 사랑하는 사람이 슬플 때 가장 슬프네요."

답을 하는 지금에서야 비로소 알게 되었다.

그렇다. 내가 가장 슬픈 건 나 때문인 적은 없었다. 나로 인한 슬픔은 재빨리 합리화해 버리고 나면 그만이었다. 마음먹으면 털어 버릴 수 있었던 적이 많다.

나를 슬프게 하는 건, 내가 사랑하는 이의 아픔이었다. 차라리 대신 아파해 줄 수 있다면 조금은 덜 슬펐을지도 모르겠다.

슬프지 않았으면 좋겠다. 내가 사랑하는 이들이 말이다.

그러면 나도 슬플 일이 없을 테니 말이다.

## 나라는 사람과 색깔

고유한 색깔이 있는 사람이고 싶다가, 아무 색깔 없는 투명 인간이 되고 싶다가, 참 변덕스럽다 나란 사람.

나의 이런 변덕에도 불구하고, 존재의 당위성을 주는 색깔이 고맙다. 이 세상에 빛이 존재하는 한, 존재하지 않는 색깔은 없다. 고로 나를 담아내어 이 세상에 표출해 주지 못할 색은 없다.

어릴 적에는 하얀 색을 좋아했다. 깔끔하고 아무 것 없는 것 같은 그 느낌이 좋았다. 세상에 대해 아는 게 별로 없고 욕심도 없었던 그 시절 나와 비슷해서였나 보다.

학창시절 한동안 초록색에 끌렸다. 내 방 벽지와 책상은 은은한 초록빛을 내는 민트색이었다. 온화하고 상냥했던 당시 그 비슷한 느낌의 색에 끌렸던 모양이다.

대학 시절 나는 무채색이나 투명색이 좋았다. 딱히 재미있는 것이 없었다. 일생 중에 무기력함이 가장 나를 지배했던 때이다. 어두운 편에 속하는 사람이었다. 웃기는 했지만, 진심으로 즐겁거나 기뻐서 웃었던 적이 없다. 칙칙하고 어두운 무채색, 딱 그 시절 나를 연상시킨다.

사람들 사이에서 눈에 띄는 것이 좋지 않았다. 나서는 것은 물론, 사람이 북적이는 곳에 가는 것도 싫었다. 있는 듯 없는 듯 그렇게 투명 인간처럼 살고 싶었다. 외로웠지만, 사람들 사이에서 크게 휘둘리지 않아서 좋기도 했다.

지금 나는, 핑크색이나 보라색이 좋다. 화려하고 눈에 띄어서 좋다. 개성이 뚜렷한 느낌이라서 좋다. 언제 어디서나 반짝이는 사람이고 싶다. 남들과는 다른, 나만의 스타일이 확실한 사람이고 싶다.

이 세상에 무수히 많은 색깔이 있어 다행이다. 변덕스러울 정도로 자꾸만 바뀌는 나란 사람을 흡수하여 그 고유의 빛깔로 반사시켜 보여줄 수 있으니 말이다. 변화무쌍한 나를 세상에 비춰 존재를 인정해 주니 말이다.

## 0분 0초

리셋, 0분 0초.
새로운 시작이 아닌 다시 시작이다.

새로운 시작 앞에서 걱정보다는 설렘의 크기가 더 크다. 잘 해낼 수 있을까 하는 걱정이 들기도 하지만, 새로운 경험에 대한 기대, 기존에 이루지 못했던 목표에 도달할 수 있는 기회라는 생각에 설렌다. 설렘, 큰 자극이 없는 그 미묘한 간질거림이 마음을 흥분시켜 그 순간 행복하다는 생각마저 들게 한다.

새로운 시작이 뿌듯함, 만족감 나아가 행복을 선사했던 적이 여러 번이었다. 어쩌면 그랬기에 새로운 시작에 더 망설임이 없었던 것 같다. 선 넘은 자신감이 시야를 가려 장애물을 보지도 생각하지도 못하게 했다. 거침없이 도전하도록 했다.

그러나 지금 나는 새로운 시작, 끝, 다시 시작 앞에 있다.

기대와 설렘이 실망과 좌절로 바뀌었다. 자신 없을 때는 시작조차 하지 않아서겠지만, 좌절이 낯설었다. 좌절에 발목 잡히지 않으려 발버둥 쳤다. 좌절에 걸려 넘어져 버리면, 일어나기 힘들

것 같아서였다. 발버둥 쳐도 자꾸만 좌절되었다. 내 마음이 마음
대로 잘 되지 않을 때 내가 할 수 있는 건 없었다. 아무것도 하지
않고 있으면 괴로웠다.

무작정 걸었다. 다른 건 생각나지 않았다. 당장 생각나는 어
떤 행위는 걷는 것뿐이었다.

걷고, 또 걸었다. 그렇게 걷고 발버둥 치며 마음을 덮은 좌절
을 걷어냈다. 걷어내고 보니 그 아래 욕심이 보였다. 더 잘 해내고
싶은 욕심이었다. 더 이상 욕심내지 말아야겠다고 생각했다.

하지만 마음은 참 마음 먹은 대로 안 되는 것 같다. 욕심내
지 않겠다고 했던 다짐이 무색하게 어느새 난 내가 할 수 있는 다
른 방법을 찾고 있었다. 결국 다시 시작하기로 결심했다.

다시 시작, 나는 지금 그 앞에 있다.
설렘 보다는 걱정이 무게를 더한다.
이내 걱정을 털어낸다.
리셋이다. 0분 0초,
다시 시작 앞에 있는 이 순간, 걱정은 사치일 뿐이다.
걱정에 쏟을 시간도, 에너지도 허락할 수 없다. 작게나마 여
전히 내 마음에 자리 지키고 있는 설렘에 기대어 앞으로 나아간다.

## 소중함

　나에게는 보석함이 하나 있다. 언제부터 그것이 보석함이 되었는지는 잘 기억나지 않는다. 원래는 초콜릿이 담겨 있던 네모난 상자였다. 초콜릿을 다 먹고 버리기 아까워 간직하고 있다가 자연스레 액세서리를 보관하는 보석함이 되었다. 보석함 안에 귀걸이끼리 모으고, 반지끼리, 팔찌끼리 모아 나름의 구획을 나눠 정리했다. 예쁘게 정리하고 하나 둘 늘어가는 액세서리, 나만의 보석들을 보며 어떤 감정을 느꼈다. 설렘보다는 크고 벅참보다는 작은 감정인데 뭐라 표현하면 좋을까. 아무튼 그런 감정을 느끼며 화장대 서랍을 열 때 마다 그것들이 흐트러질까 싶어 얼마나 조심했는지 모른다. 화장대 서랍을 열면 그 보석함 안에 반짝이는 나만의 보석들이 눈을 맞췄다. 실제로 빛을 냈는지는 모르겠지만, 나에게는 그렇게 보였다.

　지금 나는 화장대 서랍을 열 때 별 생각 없이 확, 연다. 화장대, 그리고 그 안에 보석함은 그대로이다. 보석함 속 나름 정했던 구역이 사라지고 여러 종류의 액세서리들이 뒤섞여 엉망이 되기는 했지만 말이다.

　생각했던 귀걸이가 목걸이에 엉켜 있어 하고 나가지 못했던 적이 있다. 하고 나가려던 반지를 아무리 찾아도 보이지 않아 결국 포기한 적도 있다. 애지중지했던 그 보석함이 지금은 귀걸이나 반지, 목걸이 따위가 대강 뒤엉켜 던져져 있는 오래된 종이 상자 정도가 되었다.

엉망이 된 보석함을 보고 있자니, 나는 왜 이토록 소중함에 대한 초심을 지키지 못하는 걸까 생각이 들었다.

처음에는 벅참에 가까운 감정을 느낄 만큼 좋아하고 아끼고 소중하게 다뤘던 것들이 시간이 지나 익숙해지면, 나도 모르는 새 처음 그 마음을 잃어 별 감흥이 사라져 버리고 말았다. 비단 물건뿐 아니라 사람, 꿈까지도 말이다.

꿈을 꾸기 시작했던 그 순간 얼마나 설레고 벅찼나. 꿈을 가진 것만으로도 신나서 내 마음 속 작은 상자에 고이 담았다. 틈틈이 나만의 꿈을 꺼내 보고 꿈꾸다 보면, 내가 꽤 멋진 사람이 될수 있을 것 같은 자신감이 생겼다. 특별히 신나는 일이 있는 것도 아닌데 자꾸만 들떠 그 이유를 생각해 보면, 내 마음 속 작은 상자, 소중'함'에 그 꿈이 담겨 있기 때문이었다. 현실의 벽에 부딪히기를 여러 번 하다 보니 어느새 처음 그 감정은 사라지고 말았다. 생각만 해도 몽글몽글 구름 같은 감정을 느끼며 소중히 다뤘던 꿈이 더 이상 설렘을 주지 않았다. 이제는 익숙해져 그저 습관처럼 이게 내 꿈이야 하고 머리에 박힌 채로, 언젠가는 이뤄야 할 부담스런 짐으로까지 느껴지고 말았다.

마음 속 소중함에 담겨 있는 내 사람들은 나에게 소중하다.

그들을 사랑하고 애정하는 건 단언할 수 있는 사실이지만, 가깝고 편한 만큼 소중히 대하지 않게 되곤 한다.

내 사람들이 아닌 타인에게는 깍듯이 예의를 지킨다. 상처 받을까 겁내면서도 상처 주지 않으려 신경 쓴다. 조심스럽게 말하고 행동한다. 그들에게는 고맙다, 미안하다는 말이 쉽다. 아주 살짝 고마워도 고맙다 한다. 조금 미안해도 미안하다 한다. 그것도 여러 번 말한다. 그렇게 쉬운 그 말이 내 사람들에게는 어렵다. 가깝고 편한 내 사람들이 더 소중한데 도대체 왜 마음만큼 중하고 귀하게 대하지 못하는 건지 모르겠다. 익숙함에 소중함이 가려진 모양이다.

편하고 익숙한 존재에 대한 초심을, 소중함을 오래도록 간직하는 건 어려운 일인 걸까. 소중함도 마음 안 소중'함'에 오래 담아 두면 내성이 생겨 무뎌지고 마는 걸까?

내 마음 속 소중함을 처음처럼 지켜 낸다는 것이 쉬운 일은 아닌 것 같다. 소중함에 대한 초심을 잃는 것이 자책하거나 비난받을 일은 아니지만, 왠지 서운하고 서글픈 마음이 든다. 어른이 되면서 순수함, 동심을 잃어갈 때 느끼는 것과 비슷한 마음이다.

화장대 서랍 속 보석함을 정리해야겠다. 처음처럼 깔끔하고 예쁘게 정리해 소중히 다뤄 볼 생각이다.

내 마음 속 소중함을 정돈해야겠다. 흐트러지거나 혼란스러운 상태에 있는 것을 원래대로 잘 돌려놓고 아껴주고 귀하게 대해 줘야겠다.

## 당연한 사실

소년이 아빠와 갑작스러운 이별을 한 지 얼마 되지 않은 겨울 어느 날이었다.

펑펑, 하늘에서 하얀 그리움이 내리기 시작했다. 창 너머로 하염없이 쏟아지는 눈을 바라보는데, 설명할 수 없는 감정이 어렴풋이 마음에 자리 잡았다. 어떤 감정인지는 잘 모르겠지만, 아마 이런 게 그리움이 아닐까, 하고 생각했다.

얼마나 시간이 지났을까, 방에 누워 있던 엄마가 거실로 나왔다. 눈사람을 만들러 나가자고 했다. 소년은 귀찮다는 생각이 들었지만, 왠지 엄마가 슬퍼 보여 거절할 수가 없었다.

눈이 내린 지 한 시간도 안 된 것 같은데, 꽤 쌓여 있었다. 발걸음을 옮길 때마다 뽀득, 뽀드득 소리가 날 만큼이나.

한 움큼 눈을 잡았다. 작게 뭉쳤다. 대강 뭉쳐 바닥에 내려놓았다. 그리고는 굴렸다. 몇 번 굴리니 제법 큰 눈덩이가 되었다. 하나를 더 뭉치고, 굴려 눈덩이를 만들었다. 눈사람 머리 그리고 몸통을 만들었다. 그러고 나니 지루해졌다. 허리가 좀 아프기도 했다.

에라 모르겠다. 그냥 누워 버렸다. 엄마가 꽥, 잔소리 할 줄 알았는데, 소년 옆에 누웠다. 소년, 엄마, 그리고 소년의 동생이 나란히 눈 쌓인 바닥에 누워 하늘을 올려다봤다. 회색 빛 하늘에서 무수히 많은 하얀 눈송이가 내려 소년의 가슴에 소복이 쌓였다. 솜털같이 생긴 게 포근해 보였지만 가슴에 닿으니 포근함보다는 차가움이 느껴졌다.

이상한 일이었다. 기분은 좋은데, 이상하게 눈물이 나오려 했다. 얼른 몸을 일으켜 괜히 동생에게 장난을 걸었다. 동생이 짜증내며 소년에게 눈을 뿌렸다. 그렇게 눈싸움이 시작되었다. 입김 나고 손발이 얼얼할 만큼 추운 날이었는데, 한참을 동생과 뛰어놀다 보니 패딩 속 몇 겹이나 껴입은 옷 속으로 땀이 흘렀다.

엄마는 그새, 눈사람에 머리카락, 눈, 코, 입, 팔을 만들어 줬다. 예쁜 눈사람이었다. 웃고 있는데, 슬퍼 보였다.

덩그러니 그 곳에 혼자 놓고 오는 게 싫었지만, 다른 방도가 없으니 그냥 왔다.

이틀이 지났을까, 여전히 추웠지만, 해가 쨍쨍했다. 문득 눈사람 생각이 났다. 엄마에게 물었다.

"우리가 만든 눈사람 어떻게 되었을까?"

엄마는 한참이나 답이 없었다. 그리고 짧게 대답했다.

"녹았겠지."

소년의 질문에 엄마는 당연한 사실이지만, 당연하지 않을 수
도 있는 생각을 했다.

'녹았겠지. 녹아서 물이 되어 땅에 스며들었겠지. 조만간 따
뜻하게 비추는 햇살에 흘려, 하늘로 올라가겠지. 세월이 흘러 비로
눈으로 내려, 다시 우리와 만나게 되겠지.'

그리고 이런 게 인생의 흐름이 아닐까 생각했다.
사람 사이의 인연도 마찬가지겠다고 생각했다. 세월이 흐르
면 헤어졌던 인연과 다시 만나는 날이 올 거라고, 이 세상에서 이
별한 그와 무수한 세월이 흐른 후에는 만나게 될지도 모르겠다고
생각했다.

# 밤

밤이 좋다.

쨍한 햇빛에 눈살 찌푸릴 일 없어 좋다.

햇살에 눈이 부셔 눈 감을 일 없어서 좋다.

적나라하게 훤히 보이는 햇빛 아래에서 나는 괜히 초라해진다.

은은한 달빛 아래 나는 왠지 좀 예뻐 보인다.

나 홀로 서 있는 깜깜한 세상 속, 어둠에 겁먹지 말라고,

하늘에서는 별빛이, 땅에서는 불빛이 반짝이며

나에게 희망을 속삭인다.

밤이 두렵다.

잠이 와서인지 자꾸만 눈이 감긴다. 그를 생각하게 한다.

적막해진 밤하늘 아래에서 나는 왠지 외로워진다.

온화한 달빛 아래 그리운 그 모습이 자꾸만 그려진다.

나 홀로 버티는 어두운 세상 속, 잠들었던 그리움이 깨어나

그를 생각하라고, 놔주지 말라고 속삭인다.

# 거꾸로

한글 '거꾸로'를 표현하는 영어는 여러 가지가 있는데 그 중 'Inside out'이라는 표현이 있다. Inside out이라는 말은 안에서 밖으로, 내면이 겉으로 드러난다는 뜻 내지 내면에서 바깥으로 끄집어낸다는 뜻을 담고 있기도 하다.

내면에 있는 다양한 감정들을 제대로 인식하고, 그대로 인정하고 밖으로 표현할 수 있어야 몸과 마음이 모두 건강할 수 있다고 생각한다.

사람들은 겉으로 보이는 대로 본다. 그럴 수밖에 없다. 보이는 대로 보고 믿을 뿐, 봐도 보이지 않는 내면을 알아차리는 건 어려운 일이다. 타인의 모습도 그렇지만, 자신의 모습도 내면에서는 어떤 모습인지 미처 알아차리지 못하는 경우가 많다. 내 안에는 우울하고 힘든 얼굴이 있는데 그것을 보지 못하고, 겉으로 드러나는 밝고 씩씩한 웃음에 그것이 진짜인 줄 착각하고 살고 있을 수도 있다. 사실은 내면이 진짜인데, 바깥의 모습으로 거꾸로 판단하고 사는 것이다. 스스로에 대해서조차 말이다.

그와 이별 후 나는 괜찮았다. 얼마 지나지 않아서는 행복했다. 그가 내 곁에 없다는 거 하나만 빼면 행복하지 않을 이유가 없었기 때문이다. 이건 진심이었다. 내 얼굴에는 웃음이 많아졌다. 이별하기 전보다 더 잘 웃었다.

어느 날, 힘들었다. 지쳤다는 생각이 들었다. 나는 분명히 괜찮은데 행복한데 왜 이런 걸까. 곰곰이 생각했다. 고민했다. 그리고 깨달았다.

사실 나는 이 세상에서 가장 슬프고 힘든 사람이었다. 이 세상은 그대로고 변한 게 없었지만, 행복하지 않을 이유가 하나도 없었지만, 딱 하나 그가 없었기 때문이다.

그동안 나는 괜찮다는 내면의 외침을 그대로 믿었다. 웃음이 많아진 내 얼굴에 안심하고 그것을 그대로 믿었다.

사실은, 내면은 거꾸로 말하고 있었는데 말이다. 내 안을 제대로 마주할 용기가 없었기에, 괜찮다는 그 거꾸로, 거짓말을 그냥 믿어 버리고 싶었나 보다.

내면이 더 아프기 전에 지금에라도 거꾸로가 아니라 제대로 알아서 다행이다. 이제는 나의 내면을 더 세심하게 들여다보고 가꿔줘야겠다. 건강해진 내면이 꾸밀 필요 없이 그대로 겉으로 드러나도록 말이다.

## 내 방에 있는 것

내 방에는 많은 것이 있다.

추억이 있다. 사랑이 있다. 그리움이 있다.

내 방은 변한 것이 없다.

한 가운데에 침대가 있다. 침대 왼 편에는 화상대가 있다.

화장대 옆 벽에는 그림이 걸려 있다.

반대편엔 붙박이장이 있다.

달라진 건 없지만, 자세히 보면 침대는 살짝 기울었다.

미세하게 기울어 눈치 채지 못할 만큼이긴 하지만 말이다.

화장대는 군데군데 까진 곳이 생겼다.

붙박이장 안에는 옷이 더 채워졌다.

그렇게 침대가 살짝 기울고, 화장대에 상처가 생기고,

붙박이장에 옷이 채워진 만큼의 세월 동안

나에게 남은 기억이 있다. 기억에 감정을 더한 추억도 있다.

그 추억 속에는 그와 나누었던 사랑이 있다.

그 사랑이 이제는 추억이 되어 그리움으로 남았다.

내 방에는 많은 것이 그대로지만, 그는 없다.

내 방에는 여러 사람이 있다.

나약한 내가 있다. 단단한 내가 있다.

나태한 내가 있다. 부지런한 내가 있다.

시련에 힘들다며 우는 것 밖에 할 줄 모르던 내가 있다.

그 시련 덕분에 단단해진 내가 있다.

의욕이나 열정 없이 흘러가는 시간이 아까운 줄도 모르던

나태한 내가 있다.

호기심과 설렘이 열정과 성실로 이어져 지칠 줄도 모를 만큼

부지런한 내가 있다.

내 방에는 내가 있다. 달라진 내가 있다.

## 파도

어느 여름날이었다. 세 살쯤 되어 보이는 어린아이가 처음 보는 바다가 신기한지 한참을 멍하게 바라봤다. 눈앞에 펼쳐진 광경에 낯설어 하면서도 신기해하는 것 같았다. 어떤 감정을 느껴야 하는 건지 모르는 것처럼 보였다. 갑자기 파도가 밀려오자, 아이가 울음을 터뜨렸다. 파도를 보고 느껴진 첫 감정이 두려움이었나 보다.

"으아앙!"

옆에 있던 아이 엄마가 아이를 안아 올렸다.

"괜찮아. 파도지 파도. 무서워하지 않아도 돼. 이렇게 왔다가, 다시 저리로 가네?!"

시작점이 어딘지도 모르겠는 저만큼 멀리에서부터 자꾸만 왔다. 파도가 나에게로 왔다.

끝없이 일렁이는 파도에 몸이 휘청거렸다. 일부러 더 힘을 주고 서 있어도 흔들렸다.

나를 덮쳐버리겠다는 기세로 몸집을 크게 만들기도 했다. 그 자리에 그대로 멈춰 서 있으면 결국엔 나를 삼켜 버릴 것만 같았다.

두려웠다. 결국에는 내가 저 파도에 휩쓸려 버릴까 무서웠다.

한 발짝, 한 걸음 뒤로 물러섰다. 내 앞에 오기도 전에 나는 결국 도망쳤다.

그렇게나 거대했던 몸집이 내가 서 있던 그 자리에 다다라서는 작아져 흩어지고 말았다.

언제나 그랬다. 도망친 게 멋쩍을 만큼, 허무할 만큼 내 앞에서는 흩어져 버렸다.

파도는 안간힘을 써도 언제나 결국에는 고작 그 자리에 그대로 서 있던 내 발을 적실 만큼이었다. 저 깊은 소용돌이 속으로 내가 걸어 들어가지 않는 한, 파도는 나를 이길 수 없었다. 한 번도 그렇지 않은 적이 없었다. 아이 엄마의 말 그대로였다. 파도는 이렇게 왔다가, 다시 저리로 가거나 흩어져 버리는 것이었다. 무서워하지 않아도 되는 것이었다.

시련의 파도가 내가 서 있는 인생 속으로 자꾸만 왔다. 나에게로 왔다. 끝도 없이 출렁거리며 나를 위협했다. 그 자리에 꿋꿋이 버티고 서 있지 말고, 자신에게 휩쓸려 버리라고 했다. 무서웠다. 시련에 휘청거렸다. 정신없이 흔들리다가 무너져 버릴 것만 같았다. 나약한 나는 두려움에 떨며 파도 속으로 휩쓸려 들어가고 있었다.

"괜찮아. 파도지 파도. 무서워하지 않아도 돼. 이렇게 오지만, 결국에는 흩어져 버릴 거야."

몸집을 키우며 아무리 무섭게 나를 흔든다 해도 내 앞에서는 고작 내 발을 적실 만큼이 될 뿐이었다. 언제나 그랬다. 내가 그 자리에 그대로 꿋꿋이 버티고 있으면 결국에는 파도가 에너지를 잃고 부서지고 말았다.

　　이제는 물러서지 않는다. 도망치지 않는다. 시련이 나를 덮치려 다가와도, 흔들릴지언정 휩쓸리지 않는다. 이 세상 끝도 없이 나에게 오는 파도는, 시련은 이렇게 단단한 마음으로 꿋꿋이 버텨내면 되는 것이다.

# 술

그와 이별한 지 며칠이 안 지났던 어느 날 저녁이었다. 친구가 와인 한 잔을 따라 주며 말했다.

"한잔해. 마시고 취해. 울고 싶으면 마음껏 울어. 참지 말고."
"아니야, 나는 안 마실래. 그게 좋겠어."

힘들 때 술 한잔 권하며 마음껏 울라고 해 주는 친구가 있어서 고마웠다. 고마운 그 술 한잔을 받을 수가 없었다.

지금보다 한참 어렸을 때, 사회 초년생이었던 시절 나는 힘든 일이 참 많았다. 연애하느라, 직장 다니느라 힘들었다. 힘든 날에는 술에 의지해 시름을 달랬다. 힘이 들어서, 아파서 맨 정신으로는 버티기 힘들어서였다. 술기운에 의지해 마음껏 울던 날도 있었고, 술기운 덕분에 별 것 아닌 것에 웃음이 터져 울지 않을 수 있던 날도 있었다. 술에 취한 그 순간뿐이었다.

세월이 흐르고, 그와 이별한 나는, 그 술기운에 기댈 엄두조차 낼 수가 없었다. 술기운에 의지해서라도 그와 영영 이별한 현실을 마주 볼 용기가 나지 않았기 때문이다.

이성을 최대한 꼭 붙잡아 이별했다는 현실을 외면하고 있는 중이었다. 술 한 방울이라도 내 몸에 닿으면 그 이성의 끈이 녹아내릴 것만 같았다. 겁이 나서 나는 그날 저녁 친구가 권하는 와인 한잔을 받을 수가 없었다.

술에 취해 터지는 울음이 그와의 이별을 인정하는 것 같아서, 술에 기대어 터지는 웃음조차 그에게 미안해서 나는 술 한잔을 받을 수가 없었다.

## 사랑

사랑, 그 의미는 시기마다 나에게 다르게 다가왔다.

어린 시절 나에게 사랑은 엄마 그 자체였다. 엄마가 나에게, 내가 엄마에게 주는 따뜻한 그 마음, 감정이었다. 편안하고 포근한 안식처였다. 다른 무엇보다 소중했고, 그 소중함이 깨질까 봐 늘 걱정되는 엄마, 어린 나에게 사랑은 곧 엄마였다.

자라면서 사랑은 나에게 설렘이었다가, 아픔이었다가, 안정감이었다.

간질거리는 두근거림이었다. 이뤄지지 않거나, 지켜 내지 못하는 아픔이었다. 불안정한 반쪽이 온전하게 채워지는 안정감이었다.

당시 사랑은 욕심내야 하는 것이었다. 사랑하는 만큼 성실해야 했다. 힘들어도 최선을 다해야 했다. 최선을 다하는 만큼 기대했다. 기대하는 만큼 욕심냈다. 욕심내는 만큼 결국에는 괴롭고 불안하고 힘든 것이 사랑이었다.

지금 이 글을 쓰고 있는 이 순간 나에게 사랑은, 건강하게 내 곁에 있는 것만으로도 고마운 것이다. 욕심내지 않는다. 다른 건 아무것도 필요 없다. 따뜻함, 포근함, 설렘, 아픔, 안정감은 없어도 상관없다. 그저 내 옆에 이렇게 있는 것만 봐도 뭉클하고 귀한 이 마음이 지금 나에게는 사랑이다.

## 나비

　오후에 비 소식이 있어 황급히 집을 나선 한 여자가 있습니다. 그녀는 매일 집 앞 산에 가는 것을 목표로 세우고 두 달 가까이 그것을 지켜 내고 있는 중입니다.

　늦은 봄이 되어 날이 더워지기 시작하니, 알에서 깨어난 애벌레가 눈에 띄었습니다. 알록달록한 몸을 하고서 느릿느릿 기어가는 애벌레를 한참을 보고 서 있기도 했습니다. 애벌레 눈을 보다가 귀엽다고 생각했지만, 애벌레를 만져 볼 용기는 나지 않았습니다.

　그리고 오늘, 매일 가는 산에서 팔랑팔랑 주위를 맴도는 나비가 새삼스레 여자의 눈에 들어왔습니다. 안 보이던 며칠 사이 번데기가 되었다가 탈피를 하고 나비가 되었나 봅니다. 느리지만 쉬지 않고 날갯짓 하는 나비의 모습에 반해 또 한참을 서서 바라봤습니다. 평소 성격이 급해 쉴 새 없이 자신을 재촉하는 그녀지만, 산에만 오면 시간이 멈춘 듯, 여유로워지는 그녀입니다.

　여자는 하얀 나비를 보며 생각했습니다.

　'저 나비는 탈피하고 빛을 보는 그 순간의 희열이 희망이 되어, 답답한 어둠 속 고난을 버티게 해 주나 보다. 나비가 된 후에는

그 희열의 순간이, 그 기억이 힘이 되어 남은 생을 버티나 보다.'

라고 말입니다.

여자는 여전히 앞에서 날갯짓하는 나비를 뒤로 한 채 다시 길을 나섰습니다. 쉬지 않고 걸으며 여전히 그녀는 나비 생각에 빠져 있었습니다.

곰곰이 생각해 보니 그게 아니었습니다. 희열의 순간이 희망이 되고, 기억이 되어 힘을 주는 것이라기보다, 그냥 산다는 게 그런 과정의 연속이었습니다.

버티고 견디고, 이뤄 내고, 또 그렇게 버티고 견디고 이겨 내는 것, 그것이 삶이었습니다. 산다는 건 그런 것이었습니다.

그녀 역시 고난 속에서 버티고 간간히 오는 행복의 순간을 지나 또 다시 버티고 견디며 이겨 내고 그렇게 오늘을 살고 있었습니다.

# 내 마음을 들여다보면서 알게 된 것들


## 1. 마음이 무겁다. 가득 찬 모순의 무게 때문이다

가득 찬 모순의 무게가 마음을 짓누른다. 순수하고 싶지 않았는데 순수하고 싶다. 한결같고 싶은데 변하고 싶다.


## 2. 선입견, 보이는 그대로 보지 못하는 것

최면에 걸렸니? 보이는 그대로를 보지 못하니 왜. 그래, 나 말이야.


## 3. 불안은 과거의 아픔이나 상처가
## 제대로 소화되지 못한 채 쏟아지는 마음 속 배설물이다

나를 가장 괴롭히는 감정, 불안. 일어나지 않은 일을 걱정하는 미래에 대한 감정인 줄 알았는데, 아니었다. 지난 상처는 잘 소화시켜 털어 버려야겠다.

## 4. 욕심, 가질수록 빈곤해지는 모순 덩어리

마음에 품고 키우면 풍성하게 채워질 것 같은데, 오히려 결국에는 가난해지고 만다. 요즘 나는 매일 욕심 비워 내기 중이다.

## 5. 기대, 나 자신에게만 할 것

나에 대한 기대는 나를 움직이게 한다. 긍정적인 삶의 원동력이 될 수 있다. 타인에 대한 기대는 욕심일 뿐이다.

## 6. 즐겁게 사는 법

비교하지 말기, 휘둘리지 않기, 욕심내지 않기, 오롯이 나에게만 집중하기.

## 7. 용기

용기는 정답을 찾아낼 수 있는 판단력을 주고, 내가 찾은 답을 행동에 옮기는 실행력을 준다.
정답이 아니라며 가로막는 장애물도 뚫고 나아갈 수 있는 건 내 마음에 생긴 용기 덕분이다.

## 8. 다짐

한번 마음먹는다고 해서 절대로 한 번에 못 박히지 않는다. 마음에 다지고 또 다지고, 다지기를 무수히 반복해야 비로소 마음에 박혀 몸이 움직이니 다짐인가 보다.

오늘도 난 다짐을 해 본다.

# 봄

모든 만남 끝에는 결국 헤어짐이 있다는 건 알고 있었다. 살면서 자연스레 알게 된 사실이었다. 알고 있었지만, 잠깐 스친 인연과의 이별에도 아쉬운 감정이 들었다. 숱한 만남과 헤어짐을 반복하며, 이별에 익숙해질 법도 한데, 이별 후에는 언제나 아팠다.

차가운 공기가 어렴풋이 느껴지던 어느 날 그와 이별했다. 내가 한 이별이 아니라, 예고 없이 내 곁을 떠난 그로 인한 이별이었다. 함께인 것이 당연했던 내가 혼자가 되었다. 아팠다. 이별을 당한 그 날부터 벌써 나는 그가 그리웠다. 붙잡고 싶었다. 그를 다시 만나기 위해 내가 할 수 있는 건 아무 것도 없었다.

그가 떠나던 그 날 우리에게 흐르던 시간이 멈췄다. 내 곁을 떠난 주제에, 함께 했던 시간에 나를 가뒀다. 가두는 대로 갇힌 나는 벗어나지 못했다. 함께였던 시간에 갇혀 더 이상 함께가 아닌 그를 그리워하고 원망했다.

팔랑팔랑.
하얀 날개를 가진 나비였다.

고단한 겨울을 지나,

어둠을 뚫고 나와 따뜻한 세상을 만끽하는 것처럼 보였다.

쉬지 않고 날갯짓하며 내 주위를 맴돌았다.

"이제 놔 줄게. 더 이상 아파하지 마."

더 이상 슬퍼하지 말라고,

그리워 말라고 그 말해 주러 온 것 같았다.

봄이었다. 봄이 왔던 것이다. 팔랑팔랑.

멈췄던 나의 시간이 다시 흐르기 시작했다.

## 왠지 눈물이 났던 소년의 오늘

아직은 게으름 좀 부려도 될 법한 어린 학생들조차 시간에 쫓기며 살아야 하는 세상이다.

치열한 이 세상에서 모두가 각자 나름의 열심을 다하며 오늘 하루를 보냈다.

소년 역시 마찬가지였다. 마음 편히 놀고 마음껏 자유를 즐겼던 적이 언제였더라.

오늘도 힘들지만 꾹 참고 버텨 보려 했다. 그런데 이상하게 오늘은 유난히 힘들었다. 평소와 다를 바 없는 날이었는데, 유독 기운이 없었다. 열심히 해도 더 열심히 해야만 할 것 같은 현실에 울음이 터졌다. 아빠가 갑자기 돌아가셨을 때도 울지 않았을 만큼, 우는 법을 모르나 싶을 만큼 우는 일이 없는 소년이 울었다.

울지 않으려 했는데, 울고 싶지 않았는데 잠에 취한 척, 잠결에 우는 척 소리 내어 울었다.

아무리 이렇게 애를 써도, 소년보다 더 많이 열심히 오늘을 보낸 이들이 너무나도 많은 세상이라서,

소년이 노력한 게 노력하지 않은 걸로 치부되는 이 세상이라서 자꾸만 서글픈 마음이 들었다.

진정하고 싶었는데 잘 되지 않아 주저앉아 버렸다. 평소 잔소리장이였던 엄마인데, 이상하게 오늘은 가만히 아무것도 하지 않고 있는 소년을 보고도 잔소리하지 않았다. 너무 힘들면, 애쓰지 않아도 된다고 했다.

그 말이 마음에 닿았다. 마음에 닿아 소년을 일으켜 세웠다. 소년은 일어나, 다시 힘을 내어 보기로 했다.

애쓰지 않아도 된다는 말이 소년의 노력을 믿어 주는 것 같아서, 소년의 힘든 마음을 알아 주는 것 같아서였다.

# 안테나

무심코 내려다 본 땅에 개미가 발걸음 재촉하고 있었다. 앞이 잘 보이지도 않을 텐데 망설임 없이 바쁘게 제 갈길 가는 모습이었다. 먹이를 찾아 가는 길이었을까, 친구의 부름에 달려가는 길이었을까.

발을 개미 근처로 가져다 대어 봤다. 발을 타고 넘어갈 줄 알았는데, 방향을 틀어 발을 피해 갔다. 이번에는 돌멩이를 가져다가 길을 막아 봤다. 이번에도 돌멩이를 피해 돌아갔다.

안테나 덕분이었을 거다.

나에게도 안테나가 있으면 좋겠다는 생각을 했다. 잘 보이지 않아도, 장애물을 피해 망설임 없이 목적지를 향해 가는 모습이 질투 났다.

나는 눈, 코, 입, 귀가 있고 모든 감각이 제 기능을 하는데도 내가 가야 할 길을 모르고 방황한 세월이 길었다. 눈앞에 장애물도 보지 못하고 부딪히기 일쑤였다. 그 뿐만이 아니라, 상대가 신호를 보내도 알아차리지 못하고 내 욕심만 부리기도 했다.

안테나가 있었다면, 방황이 길지 않았을 지도 모르겠다. 나를 가로막는 것이나 괴롭히는 적들을 피할 수 있었을 것이다. 상대가 지치기 전에 내 욕심을 거뒀을 것이다. 그랬다면, 이만큼 아파하지 않아도 되지 않았을까 하는 생각을 해 봤다.

길게 삐져나온 더듬이를 머리카락 사이에 감춰 보려 애쓰는 내 모습을 상상했다. 민감하고 세심한 그 안테나가 길을 알려 주고, 신호를 받아 전달해 주면 어땠을까 하는 생각을 했다.

안테나에 의지해 본능적으로 살아갈 테니, 내 마음대로 할 수 있는 건 없었겠다. 방황해 보지 못하고, 장애물에 부딪혀 보지도 못하고, 실패를 실패라 인식하지도 못했겠다. 숱한 실패와 좌절의 경험을 토대로 일어나는 법을 배우지도 못했을 거다. 살아 있음을 제대로 느끼지 못했을 것 같다. 살아 있는데, 살아 있다는 걸 느껴서 알고, 살아 있음을 기뻐할 수는 있었을까?

개미는 여전히 안테나에 의지해 바삐 어딘가로 가고 있었다. 나도 멈춰 있던 발걸음을 떼 가려던 길을 향해 걸었다.

# 노을

매일 마다 나는 산에 간다. 될 수 있으면 노을을 볼 수 있는 시간에 간다. 산에서 보는 노을이 좋아서이다. 오늘도 난 해질녘 집을 나섰다.

산 중턱, 노을을 만나기 딱 좋은 곳이 있다. 꽃동산, 내지는 노을의 정원 같은 곳이다. 그 곳에 도착하니 노을이 붉게 퍼지고 있었다.

"소녀야, 오늘도 왔니?"

노을이 내게 말 걸었다.

"응? 나? 나 소녀 아닌데?"
"여전히 너는 꿈을 꾸는 소녀인 걸. 오늘도 외로워서 왔구나?"
"나 외롭지 않은데."
"채울 수 없는 빈자리로 인한 허전함이 있는 걸."
"허전하기는 해. 그렇지만 외롭지는 않아. 혼자인 시간이 익숙하지 않았는데, 이제 익숙해지려 해. 오히려 혼자 사색하는 시간이 즐겁기까지 해."

"다행이구나."

　나는 소녀가 아니다. 노을은 나를 보고 소녀라고 했다. 꿈꾸는 희망이나 미래에 대한 목표가 여전히 있는 걸 소녀라 말한다면, 나는 소녀가 맞는 것 같다.

　나는 외롭지 않다. 노을은 나보고 외로워서 왔냐고 물었다. 둘이 하나가 되었다가, 흩어져 반쪽이 된 나를 보고 외롭다 생각했나 보다. 반쪽이 되었지만, 난 외롭지 않다. 함께였다가 혼자가 된 변화에 조화를 이루기 위해 나를 변화시키고 있다.

　다행히도 좋은 방향으로 변화되고 있다. 의지하는 것밖에 할 줄 몰랐던 내가 생각하여 결심하는 법을 배웠다. 흔들리는 것 밖에 할 줄 모르던 내가 버티는 법을 알게 되었다. 대화하는 것만 좋아하던 내가 사색하는 것을 더 좋아하게 되었다.

　주름이 생기기 시작한 나를 보고 소녀라 불러 준 노을이 고마웠다. 오늘도 왔냐며 아는 체 해 줘서 고마웠다. 혼자된 내가 외로워할까 말 걸어준 노을 덕분에 외롭지 않은 저녁이었다.

　고맙다는 인사를 건네려 고개를 들었다.

　어느 새 노을은 깜깜한 하늘 속으로 사라진 후였다. 찰나의 순간이었다.

## 마지막

마지막은 냉정하다. 다음이 없다.
그래서 나는 마지막이 슬프다.
인사, 기회, 순간, 식사, 시간, 노래, 행복, 희망, 사랑….
아무리 따뜻한 말이더라도 앞에 마지막이 붙는 순간 차가워진다.

마지막은 무겁다. 그래서 나는 마지막이 슬프다.
모든 시작은 마지막을 향해 간다. 마지막을 위해 꾸준히 간다.
중간에 지칠 때도 있다. 지치더라도, 마지막을 생각하며 힘을 내어
본다. 그리고 다시 간다.
마지막까지는 여전한 희망이 있다. 그래서 무겁지 않다.

하지만, 마지막에는 더 향해 갈 곳이 없다.
마지막에게 미뤄 온 부담이 몰려온다. 마지막을 위해 참고 담아
온 감정이 묵직하게 내려앉는다.
그간 지내 온 시간이 추억으로 쌓인다. 그래서 마지막은 무겁다.
무거운 만큼, 아쉽다. 그래서 나는 마지막이 슬프다.

하지만 또 그래서, 마지막은 설렌다.

무거움을 덜어내기 전, 비워내기 전 가장 무거운 순간이라서.

새로운 시작 내지는 가벼운 자유를 만끽하기 직전의 순간이라서

마지막은 설렌다.

## Day 30

오늘도 나는 글을 씁니다.
아침에 일어나고, 때가 되면 밥을 먹고,
밤에 잠이 드는 당연한 일과처럼 매일 글을 씁니다.
몇 줄 안 되는 짤막한 글을 쓰기도,
A4 두 페이지가 넘어가는 글을 쓰기도 합니다.

글 쓰는 것이 좋아서 쉬지 않고 매일 이렇게 씁니다.
글을 쓰며 내 마음을 들여다봅니다. 생각을 정리합니다.
아픔을 흘려보냅니다. 스스로를 위로합니다.

어느 날에는 나를 위로하기 위해 썼던 글이,
누군가에게도 위로가 되었다고 합니다.
내 마음 그대로 인정하고 싶어 썼던 글이
공감에 갈증 내던 누군가의 마음을 적셔줬다고 합니다.
나의 다짐을 담은 글이
누군가에게는 잊었던 결심을 상기시켜줬다고 합니다.

나를 위해, 누군가를 위해 오늘도 나는 이렇게 글을 씁니다.
내가 힘을 내기 위해 쓴 글 속에 어느 구절이 누군가의 마음에 닿아
힘이 되기를 소망해 봅니다.

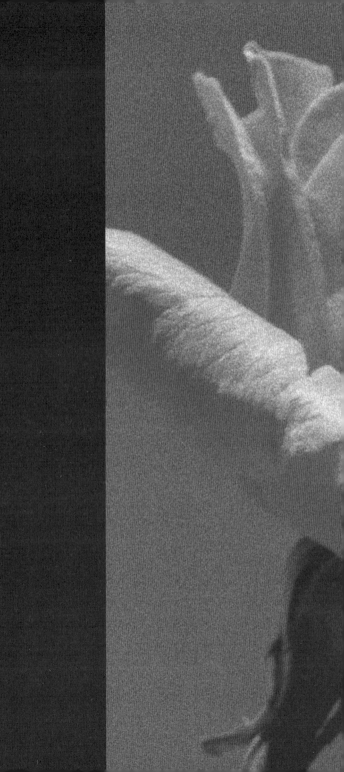

원
도
연

**원도연**

남 눈치 안 봐도 잘 산다는 걸 깨닫고 스트레스 프리가 된 사람. 지금은 하고
싶은 건 다 하면서 사는 중. 학업을 마치고 음악, 장사, 투자를 거쳐 작가가 되
었다. 특유의 긍정적 사고와 실천력은 주기적으로 그를 새롭게 탈피시킨다.
볼 때마다 새로운, 하루 25시간을 사는 사람.

## 벌레 먹은 밤

그거 알아? 벌레 먹은 밤이 맛있는 밤이라는 거. 뾰족한 밤송이가 보호하는데도 기어코 들어가서 밤을 파먹는 벌레들이 있지. 그만큼 그 밤은 맛이 좋다는 거야. 인간관계도 그래. 내가 아무리 대비를 하고 조심하고 방어를 해도 기어코 나를 공격하는 사람들이 있어. 밤송이 속에 있는 밤을 파먹는 벌레처럼. 벌레가 맛있는 밤을 먹듯, 그런 상황들이 오는 것도 네가 그만큼 가치가 있는 사람이기 때문이야.

## 거꾸로 물구나무서기

물구나무서기가 몸에 좋대. 우리 몸은 24시간 중력의 영향을 받으면서 아래로 처지게 되는데, 몸을 뒤집어 주면서 혈액 순환도 되고, 중심 잡는 훈련도 되고, 뇌를 활성화시켜 주기도 하는 효과들이 있는 거지. 몸에 집중을 하면서 말이야.

사랑도 비슷한 것 같아. 중력처럼 일방적인 사랑보다는 사랑을 주기도, 사랑을 받기도 하면서 밀당도 하고, 한 번씩 관계에 대해 진지하게 생각해 보는 시간도 가져 보고 하는 게 좀 더 성숙한 사랑을 키우는 데에 도움이 되지 않을까?

## 내 방에 있는 모든 것 중 - 추억

대학을 다니면서 자취방을 참 많이도 옮겼다. 기숙사부터 시작해서 4번이나 방을 옮겼다. 물론 더 나은 방으로 가긴 했지만, 그럼에도 난 이사를 가는 게 참 슬펐다. 대학교 자취방. 모여서 술 마시며 밤늦게까지 얘기를 하던 추억. 시험 기간에 도서관에서 돌아와 친구들과 같이 자던 추억. 이런저런 고민들로 잠 못 이루던 밤의 추억. 그리고 사랑하는 여자 친구와의 추억. 의미 없이 지냈던 시간들도, 지금은 모두 추억. 아, 그때 그랬었지. 아, 추억이네.

## 의욕을 생기게 하려면

삶이 지치면 힘도 없고, 의욕도 없다. 뭔가 해 보려고 해도 그게 쉽지가 않다. 이런 상황이 지속되다 보니 나도 모르게 '잠깐 이러다 말겠지 뭐. 금방 회복될 거야.'라는 생각에 시간을 허망하게 보내기도 하고, 누군가의 응원을 바라기도 한다. 하지만 틀렸다. 이런 상황을 타파한 건 언제나 자기 자신이다. 옆에서 아무리 응원을 해도 잠깐일 뿐, 결국 스스로 힘을 내지 않으면 다시 돌아갈 뿐이다. 응원을 한다는 것은 일종의 가속도라고 보면 된다. 속도가 0이면 가속도는 붙지 않는다. 가속도가 붙으려면 결국 0에서 시작하는 속도가 우선되어야 한다. 누가 응원을 하는 것도 마찬가지다.

힘은 나는 게 아니라 내는 것, 의욕은 나는 게 아니라 내는 것이다. 생길 때까지 기다리는 것이 아니라 내가 내는 것이다.

## 이별의 원인


    사랑하는 사람과의 이별은 사실 당연함에서 시작되는 경우가 대부분이다. '커플끼리 이 정도는 당연히 해야 하는 거 아니야?' '내가 여자 친군데(혹은 남자 친구) 나한테는 이러면 안 되는 거 아니야?'.

    친구나 다른 관계에서는 결코 당연하지 않은 일들이, 단지 연인이 되었다는 이유 하나만으로 당연해진다. 사람과 사람의 관계에서 당연한 것은 없다. 고마움만 있을 뿐이다. 이 사람이 옆에 있는 건 당연한 게 아니라 고마운 것이며, 이 사람이 나를 사랑하는 것 또한 당연한 것이 아니라 고마운 것이다. 사소한 것부터 당연하다고 여기는 그 생각은 작은 파도가 되고, 그렇게 생긴 사소한 서운함이, 사소한 트집이, 사소한 불만이 종국엔 이별이라는 큰 파도로 다가온다.

## 술이 좋은 이유

소주에 쿨피스 타서 먹어 봤어? 난 처음 그 술을 먹었던 날이 잊혀지지가 않아. 정말 많이 취했었거든. 내가 살면서 제일 취해 본 때가 그 날이었을 거야 아마. 사실 가끔은 공식적으로 취하고 싶은 날이 있어. 그럴 때마다 그 술이 생각이 나. 그때처럼 그냥 정신줄 놔 버리고 싶은 거지. 내 안에 억눌려 있던 무언가를 깨우고 싶은 느낌이랄까. 취해 있는 그 순간만이라도 그냥 '될 대로 돼라~' 하며 속 편하게 생각하고 싶어. 사실 평소엔 그렇게 할 수가 없잖아. 술을 잘 먹지 않는 내가 술을 좋아하는 이유가 바로 그거야. 눈치 보지 않고 행동할 수 있는, 그런 자유를 주는 게 바로 술이거든. 억압돼 있던 우리에게 술은 자유를 주고 사회적인 굴레와 속박, 압박 등에서 잠시나마 벗어날 수 있게 해주니까. 자, 그런 의미로 한잔하자. 한잔하고 오늘 있었던 일들은 다 잊어버리는 거야. 술이 깰 때면 그동안 있었던 안 좋은 기억들, 숙취랑 같이 다 날려버릴 수 있게 오늘 한번 거나하게 취해 보자. 건배!

## 남들보다 앞서 나가기 위해서 필요한 것

훈련소의 장교 중 미국 특수부대 생활을 하다 오신 분이 계셨다. 지옥 같은 체력 훈련을 통과해야지만 들어갈 수 있다고 하셨다. 들어보니 정말 어마어마했다. 역시 강대국의 특수 부대는 다르구나 싶을 정도였으니. 궁금한 걸 물어보라는 말씀에 아무도 선뜻 나서지 못하고 있는데, 용기 있는 한 훈련병이 손을 들고 간단히 소개를 한 후, 질문을 꺼냈다. "제 동생이 군인이 꿈인데, 특수 부대에 꼭 들어가고 싶다고 합니다. 그 지옥 같은 훈련을 버티고 합격하기 위해서, 남들보다 잘하기 위해서 특별히 무얼 더 하신 게 있으십니까? 제 동생도 뭔가를 더 해야 할까요?" 나를 포함해 그 장소에 있던 모두가 궁금해했다. 한국이라는 작은 나라에서 어떻게 미군 특수 부대 훈련을 마칠 수 있었는지. 뭔가 특별한 훈련이나, 개인 트레이닝이 있었던 게 아닐까 하며 다들 기대하고 있었다. 하지만 돌아온 답변은 예상과는 전혀 달랐다. "아니요, 내가 뭘 더 한 게 아닙니다. 그저 처음 시작할 때 먹었던 그 마음. 그걸 끝까지 기억하려고 했을 뿐입니다. 그렇게 제자리에 있었더니 옆에서 알아서 떨어져 나갔어요."

남들과 경쟁하기 위해서는 남들보다 더 치고 나가야 하는 건 사실이다. 하지만 그 전에, 처음 시작할 때 먹었던 마음가짐과 각오를 계속 유지하는 것이 어찌 보면 가장 기본이면서 또 가장 중요한 것이었고, 초심을 유지하는 것은 아무것도 하지 않음과 동시에 이미 많은 걸 하고 있는 것이었다.

## 오래된 붓

여기 오래된 붓이 하나 있습니다. 누군가 처음 미술을 시작할 때 쓰던 미술용 붓이군요. 설레는 마음으로 처음 붓을 잡았던 그때, 미숙하던 시절 무던히도 노력했던 흔적을 고스란히 담은 붓입니다. 시간이 흘러 이제는 붓 잡는 것이 익숙해졌지만 이미 붓은 너무 낡아 버렸네요. 그래서인지 옆에 새 붓이 있습니다. 이 낡은 붓과도 이별이네요. 어떡하죠, 정이 많이 들었을 텐데.

어쩌겠어요. 익숙해져야죠. 익숙한 것을 버리고 새것으로 바꾼다는 것은 언제나 아쉬움이 남고 슬프기 마련입니다. 그게 내 의지가 아니라면 더더욱. 하지만 익숙해집시다. 좌절하지 말고, 우울해하지 말고, 두려워하지 말고. 할 수 있어요. 익숙해져요, 우리.

## 요구르트 하나


　　더운 어느 여름 날, 집에 돌아와 냉장고를 열었다. 냉장고에 요구르트가 보여서 하나를 집어 한 입에 털어 넣었다. 생각해 보니 내 어릴 적 꿈 중 하나는 바로 요구르트를 한 입에 먹는 것이었다. 어릴 적 나는 요구르트를 정말이지, 너무 좋아했다. 냉장고에는 항상 요구르트가 채워져 있었고, 특히나 여름에 먹는 얼린 요구르트는 그렇게 달달하고 시원할 수가 없었다. 이렇게 좋아하는 요구르트를 나눠서 마셔야 하는 게 항상 너무 아쉬웠다. 요구르트는 마실 때마다 '이 맛있는 걸 입에 가득 채우고 먹으면 얼마나 맛있을까?'라며 생각하곤 했다. 그러던 내가 이제는 너무나 쉽게 한입에 가득 채워 넣는다. 비록 거창한 꿈은 아니지만 문득 어린 시절의 꿈 중 처음으로 완벽하게 이룬 꿈이었다. 이런 저런 생각이 들었다. 이게 뭐라고 그토록 바랬을까? 라는 생각, 내가 많이 자라긴 했구나. 라는 생각, 동시에 드디어 성공했다! 라는 어쩌면, 어린아이 같은 생각도.

　　사실 지금까지 살면서 제대로 뭔가를 이루어 본 적이 없다고 생각했다. 계획은 거창한데 마무리를 짓지 못한 일이 허다하고, 시도는 좋았으나 결과가 아쉬웠던 적도 많고. 하지만 곰곰이 생각해 보면 어릴 때 바라던 것들을 이미 많이 이루어 놓았다. 해외 생활도 해 보고, 장학금도 받아 보고, 부모님이나 주변의 영향을 받지 않고 처음으로 나 스스로 적었던 장래 희망인 사업도 해 보고, 비록 사소하지만 요구르트를 먹는 것까지 이런저런 것들을 많이 이루었다.

자신이 쓸모없고, 한 것도 없다는 생각이 들면 어린 시절 내가 바라던 것들을 한번 되짚어 보는 시간을 가지는 것도 좋다. 어쩌면 우리는 이미 많은 것을 이루었을지도 모르니까. 어쩌면 내가 먹던 요구르트처럼, 사소한 것들조차 오늘의 나에게 내일을 살아갈 원동력이 될 수 있으니까.

## 진짜 친구 만드는 법

**1. sns에 돌아다니는 진짜 친구, 가짜 친구 구분법을 보지 않는다.**
**2. sns에 돌아다니는 진짜 친구, 가짜 친구 구분법을 보지 않는다.**
**3. sns에 돌아다니는 진짜 친구, 가짜 친구 구분법을 보지 않는다.**

사실 sns 보면 그런 글들이 많다. 진짜 친구의 특징 어쩌고 저쩌고. 가짜 친구의 특징 어쩌고저쩌고. 사실 그런 글을 볼 때마다 개인적으로 공감도 안 되고 조금 거북하다. 재미로 읽어 볼 순 있지만, 요즘엔 이런 글들을 너무 신경 쓰는 사람이 많아 보인다. 나에겐 어릴 때부터 초·중·고를 같이 다닌 동네 친구들이 몇 있다. 각자 부모님들의 생신이 되면 집으로 초대해 같이 밥을 먹으며 축하하고, 부모님들은 우리를 아들이라고 부르는, 그런 친구들이다. 하지만 sns에 흔히 돌아다니는 그런 내용과는 맞지 않는 부분이 꽤 있다. 그럼 그게 맞지 않으니 내 친구들은 가짜 친구가 되는 것인가? 아니. 그렇게 생각하는 사람은 아마 없을 거라고 본다. 사실 친구라는 게 그렇게 거창한 게 아니다. 서로 다른 사람끼리 만나 다투고, 화해하고, 웃으며 같이 시간을 보내고, 나눌 추억이 있으면 친구로서 충분하지 않을까?

# 인간관계 힘들어하는 사람 특징

## 1. 주변에서 만류하는 연애를 한다

경험한 사람들이 해 보지 말라고 만류하는 것은 다 이유가 있는 법이다. 뭐 군이 원하면 한 번쯤 해 보는 것도 괜찮다. 본인 멘탈이 좋다면.

## 2. 너무 내 마음대로 한다

살다 보면 정말 별의별 사람을 다 만나게 된다. 나랑 죽이 잘 맞는 사람도 많지만, 그렇지 않은 사람도 있다. 사회생활이라는 게 모르는 사람도 자주 만나고, 친하지 않은 사람들이랑 함께하는 자리도 자주 생기기 마련인데, 너무 자기주장만 내세우면 이상한 사람이 되어 버리고, 주변에서 소외시키기 시작한다.

## 3. 거절을 잘 못 한다

누가 무슨 부탁을 하면 사소한 것부터 곤란한 부탁까지도 다 들어 준다. 사실 거절을 잘 못 하는 사람은 어딜 가도 힘들다. 모두에게

착한 사람일 순 없다. 나쁘게 하면 나쁘다고, 착하게 하면 착하다고 욕먹는 세상이다. 어차피 욕먹을 거 싫은 건 싫다고, 안 되면 안 된다고 확실히 말할 줄 아는 사람이 되자.

## 4. 남에게 기댈 줄 모른다

가끔은 남에게 기댈 줄도 알아야 한다. 뭐든지 너무 혼자 해결하려고 하다 보면 언젠간 내 힘에 부치는 때가 반드시 온다. 힘들면 힘든 척하고, 슬프면 슬픈 척하고 그러자. 너무 혼자 씩씩하게 보일 필요 없다. 가끔은 누군가에게 지친 마음을 기댈 수 있는 용기가 필요하다.

## 가슴이 뜨겁다는 것은

열심(熱心)이란 단어는 더울 열, 마음 심이 합쳐진 단어이다. 가슴이 뜨겁도록 무언가를 하는 것이 바로 열심히 한다는 것이다. 그러면 뜨겁지 않으면 열심히 하지 않는다는 것인가? 하기 싫은 일을 할 때는 열심이라는 단어를 쓸 수 없는 것인가?

아니. 아니다. 하기 싫어서, 하기 싫고 짜증나서 가슴에 천불이 나는 것도 열심히 하는 것이다. 동기가 다를 뿐 열심히 하는 건 마찬가지지 않은가. 화롯불이든 가스 불이든 장작불이든, 어쨌든 모두 불이라는 속성 자체는 매한가지이니.

## 정리 정돈

첫사랑을 잊고 살았다. 아니, 사실 그렇지 못했다. 잊었다고 믿었지만, 닮은 사람만 봐도 가슴이 두근거리는 나를 보고 '아, 잊지 못했구나' 생각했다. 누굴 만나도, 어딜 가도 첫사랑이 마음 한 켠에 들어와 마치 임차인인 것마냥, 그곳에 거주하며 주기적으로 떠올랐다. 이런 나를 안쓰럽게 보던 친구가 연락을 해 보라고 권했다. 죽이 되든 밥이 되든 중요치 않으니 연락을 해 보라고. 몇 달을 고민하다 연락을 했다. 사실 결과는 좋지는 않았다. 단 한 번의 왕복 메시지. 그게 끝이었다. 그날 이후로 지금까지 연락을 한 적도, 다시 연락을 할 수도 없다. 하지만 왠지 모르게 후련함이 가슴에 들어왔다. 어쩌면 나에게 남아 있던 것은 그녀에 대한 마음보다는 단순한 미련이었을지도 모르겠다. 풋풋했던 나의 첫사랑은 그렇게 내 마음속에 있던 방을 정리하고 나올 수 있었다.

## 바라봄

처음 영어를 공부할 때 재미있던 것 중 하나는 look과 see의 차이점이었다. Look은 어떤 대상을 딱 쳐다보는 것이고 see는 그냥 시야에 들어오니까 보이는 것이라고 한다. 사실 따로 찾아보지 않으면 잘 모르는 내용이다. 어렴풋이 비슷한 뜻이겠거니 하고 넘길 뿐이다. 어쩌면 인생도 별반 다르지 않은 것 같다. 집중해서 보아야 할 것과 대충 흘려도 될 것을 헷갈려하는 일이 부지기수다. 영어는 사용할수록 익숙해지는 것처럼, 우리도 시행착오를 거치면서 점점 더 잘 구분할 수 있겠지.

## '열정'은 끈기의 다른 말이다

하루는 친구에게 나는 열정적으로 뭔가를 해 본 경험이 없다며 푸념을 했던 적이 있다. 그 모습을 본 친구가 내게 해 준 말을 아직도 잊지 못한다. 사람들은 열정이라고 하면 활활 타오르는 것을 떠올린다. 하지만 그 친구는 달랐다. 뜨겁게 타오르는 것 말고, 오랫동안 은은하게 타오르는 것 또한 열정이라고 했다. 불은 한 번에 확 붙으면 꺼질 때도 확 꺼진다. 뜨겁게 타올라도 결국 금방 식어 버리면 누가 그것을 보고 열정이라고 할 수 있을까? 나는 활활 타는 불이 아니라 은은하게 타는 불꽃이다. 나는 오늘도 열정적이다. 뜨겁게 타올라서가 아닌, 오래도록 꺼지지 않아서.

## 부모님의 사랑

나의 부모님의 관계는 사실 최악은 아니었지만, 그렇다고 그리 썩 좋은 것도 아니었다. 두 분이 다정하게 웃는 모습을 본 기억도 없다. 찢어지게 가난한 어린 시절을 보내고 혈혈단신으로 서울에 상경해 거친 생활을 하시던 무뚝뚝한 아버지와 부유한 가정의 딸로 태어나 공주님처럼 자랐지만 도박 중독 삼촌으로 인해 집안이 망하고 일자리를 찾아 친구와 함께 서울로 올라와 억세게 변한 어머니. 그리고 맞벌이를 하시던 두 분 사이의 나와 우리 누나. 어릴 적 내가 생각하던 부모님은 이게 전부였다. 딱히 서운한 점은 없었다. 처음부터 그랬으니까.

그렇게 살다가 한 살, 두 살 나이를 먹어 가고, 여러 사람도 만나면서 제일 자주 들었던 말 중 하나는 아이러니하게도, '너는 사랑을 정말 많이 받고 자란 것 같다'는 말이었다. 처음엔 그러려니 했는데 자꾸 듣다 보니 깊게 생각해 보지 않을 수가 없었다. 내가 사랑을 많이 받고 자란 건가? 내 생각엔 아닌데, 왜 그럴까?

하나하나 기억을 되짚어 보고, 20대 중반 즈음 들어섰을 무렵 어렴풋이 알게 되었다. 고기를 좋아하시던 아버지는 항상 내 밥

그릇 위에 고기를 올려놓고 식사를 시작하셨다. 당신께서도 고기를 좋아하셨는데 말이다. 어머니는 항상 내가 좋아하는 과자를 집에 사다 놓으셨고, 항상 관심을 가지고 다정하게 대해 주셨다. 술자리와 친구를 좋아하던 아버지는 그 때문에 어머니와 자주 트러블이 있었지만, 아무리 거나하게 취해서 들어오셔도 하루도 빠짐없이 꼭두새벽에 일어나 출근을 하셨고, 어머니는 무슨 일이 있어도 항상 나와 누나에게 아침밥을 먹이고 학교에 보내셨다. 아, 나는 사랑을 많이 받았다. 사랑을 받고 있으면서 사랑을 받는 줄 몰랐던 것은, 그것이 너무나 당연한 일상이었기 때문이리라. 세월이 흘러 나는 이제 어엿한 성인이 되었고, 세월이 흐른 만큼 나의 부모님도 조금씩 삶의 마지막을 생각하시겠지. 그동안 받은 사랑을 다 갚을 수 있을지 막연한 두려움이 몰려오지만, 최선을 다해 봐야지. 남들한테 자랑할 만한 자식이 될 수 있도록, 사랑하는, 고마운, 그리고 항상 미안한 우리 부모님께, 내가 할 수 있는 최선을 다해 보답을 해야지.

## 미친놈

불광불급(不狂不及)

미치지 않으면 미치지 않는다는 말이다. 무언가를 달성하기 위해선 미친놈처럼 해야 한다. 생각해 보면 내가 스스로 만족할 만큼 무언가 이루었을 때는 주변에서 미친놈이라고 말하던 때였다. 그래. 나는 미친놈이었다. 그대들은 살면서 무언가에 미쳐본 적이 있는가? 있다면 진심으로 미친놈 소리를 들어가며 몰두할 정도로 미쳐 있었는가? 그렇지 않다면 지금부터라도 미쳐 보아야 한다. 미친놈이 되는 거다. 그 단 한 번의 경험이, 인생을 송두리째 바꿔 놓는다. 거창한 목표는 필요 없다. 그저 지금 이 순간, 이 순간에 내가 무엇에 미쳐야 할지 알고 있고, 미칠 결심이 섰다면 그것으로 되었다. 당신의 삶은 지금부터 변하기 시작했다.

## 소신껏 산다는 착각

그런 사람이 있다. 자기 소신껏 사는 거라지만 정작 주변 사람을 힘들게 하는 유형의 사람들. 소신껏 사는 것이라고 자기를 포장하지만 사실은 그냥 예의가 없을 뿐인 사람들. 난 내 일에 몰두하는 열정 있고 멋진 사람이야. 연락? 잘 안 할 수도 있지. 왜냐면 난 그런 열정 있는 사람이니까. 라고 스스로를 포장하며 스스로에게 도취되는 사람들. 하지만 이런 사람들은 모른다. 그건 열정도 소신도 아닌, 그저 상대방에 대한 배려가 없을 뿐이란 걸.

## 저 사람은 왜 저럴까?


친구야. 저 사람은 왜 날 보면서 웃고 있는 거야?

응. 저 사람은 지금 사랑하는 사람과 대화를 하고 있어. 너를 통해 서로의 모습을 볼 수 있거든. 아마 그래서 웃고 있는 거야. 사랑하는 사람을 보면서 대화하는 것은 즐거운 일이거든.

아하 그렇구나.

친구야. 저 사람은 참 특이하다. 왜 하루 종일 날 바라보며 어쩔 땐 웃고, 어쩔 땐 심각한 표정을 지었다가. 그러다가 다시 또 무표정이었다가. 왜 저러는 거야?

응. 그건 너를 사용하는 시간이 많기 때문이야. 저 사람도 처음부터 그러진 않았어. 예전엔 밖에 나가서 사람들도 만나고, 여기저기 돌아다니기도 하고 했지. 근데 너란 존재가 생기고부터는 점점 빈도수가 줄어들었어. 그러다 이렇게까지 된 거지. 인간에게 있어서 너는 정말 중요하고 위대해. 너를 통해 세상은 정말 많이 발전했거든. 하지만 한편으론 그렇기 때문에 오히려 안 좋은 영향도 있어. 너만 있으면 할 수 있는 게 워낙 많다 보니, 굳이 밖으로 나가지도 않고 이렇게 집에만 있게 되거든.

잘 모르겠어. 나는 없어져야 할 존재인 거야?

아니. 그렇다고 해도 너는 꼭 필요한 존재야. 과거에도 그랬고, 지금도 그랬고, 앞으로는 더더욱. 제일 중요한 건 너의 주인이 너를 어떻게 사용하느냐야. 너는 어떻게 쓰냐에 따라 독이 될 수도, 약이 될 수도 있거든. 변하지 않으면 어제와 같은 오늘, 또 오늘과 같은 내일을 살겠지. 하지만 그게 아니라면 좀 더 나은 내일의 모습이 될 수 있겠지.

숨

너는 그랬다. 원체 참견하기 좋아하고, 여기저기 관심이 많았다. 거리낌 없이 남에게 잘 베풀고, 지나가듯 잘 챙겨 주는, 그런 놈이었다. 그런 너를 보고 있자면 어두웠던 내 모습도 점점 밝아짐을 느꼈다. 너는 내가 힘들 때마다 제일 먼저 달려와 위로를 해 주었다. 그래. 그게 그저 네 성격이라는 걸, 그래서 그랬을 뿐이라는 걸 나는 너무도 잘 안다. 하지만 너는 모르겠지. 너의 그 작은 호의가, 때로 누군가에게는 크나큰 태양이 되어 다가온다는 것을. 그래서였을까. 태양처럼 빛나던 너는 남들보다 조금 일찍 별이 되었다. 너를 보내고 돌아오는 어두운 골목길, 별이 된 네가 무심코 내뿜는 빛이 다시 한번 나의 어둠을 밝혀 주었다. 아, 나는 잊지 못하겠다. 네가 숨처럼 내쉬는 작의 호의들을, 난 평생 기억할 것이다.

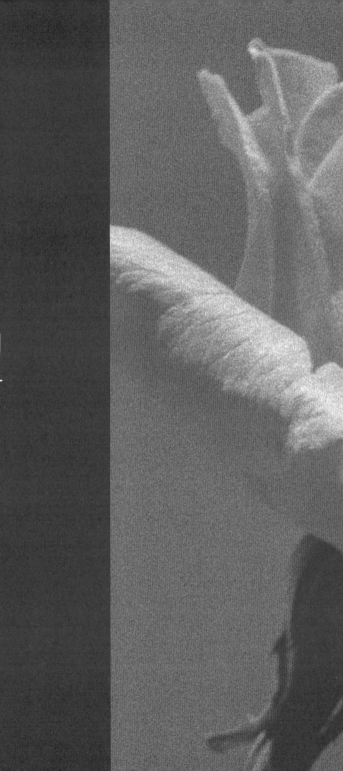

리
아

**리아**

호주에서 CPA Firm에 근무하다 퇴사 후 세계 여행을 꿈꿨지만, 코로나로 인해 다시 한국에 정착했다. 미래에 어느 나라에서 무얼 하고 있을지는 알 수 없지만, 늘 그랬듯 남들과는 조금 다른 선택과 경험으로 드라마를 만들어갈 것이다. 나의 이야기로 주변 눈치를 보며 발만 동동 구르는 이들에게 그저 한 걸음 떼어 볼 용기를 전하고 싶다.

**조금 오래전에 -**

그때 너는 끝까지 알지 못했다. 변변찮은 솜씨로 둘러댄 핑계에 납득하지 못한 너는, 내 마음이 떠났다 결론지었다.

그때 나는 끝까지 말하지 못했다. 되는대로 둘러댄 핑계 속에 숨어 너를 피했다. 말하지 못해도 알아 주기를 아니, 평생 모르기를 바랐다.

얼마 전, 너를 사랑했던 나를 꿈에서 보았다. 맑게 웃는 꿈속에 내가 너무 행복해 보여, 깨고 나서 한 참을 울었다.

조금 오래 전, 너를 떠난 그때 나를 따라 떠나지 못한 마음은 아직도 여기 남아 숨죽여 운다.

## 소중함

생각해 보면, 그건 늘 시작과 끝에 있었다.

내가 너를 처음 만났을 때, 그 인연이 너무 소중해 가슴에 품고 다녔다. 바람 불면 날아갈까 스치면 부서질까 애지중지하면서.

너랑 헤어질 때 알았다. 그토록 소중했던 네가, 너와의 인연이 다 부서져 바람에 흩어져 버렸음을.

사람은 망각이라는 큰 축복을 받아, 이 아픔을 겪고도 다시 모르는 척, 사랑을 시작한다.

사람은 망각이라는 큰 저주를 받아, 이 아픔을, 소중함을 잊어버리고 또다시 같은 실수를 반복한다.

그건 늘 시작과 끝에 있었다.

또 다른 너와 나의 시작에는 이 아픔이 없기를, 부디 잊어버리지 않기를, 다시 반복하지 않기를, 간절히 바란다.

## 당연한 사실

"당연하지!"

나는 깜짝 놀라 고개를 들었다. 아니, 뭐가 당연하다는 거야 나는 고민에 고민을 거듭해 겨우 꺼낸 말이란 말이야.

"정말 괜찮아? 나 이혼도 했고, 아이도 있었어." 너는 조금도 망설이지 않고 대답했다.

"응, 괜찮아. 설마 지나간 일로 내 마음이 달라질 거라 생각한 거야?"

아니, 지나간 일도 지나간 일 나름이라고 생각해. 그런 말을 삼키며 나는 멍하게 너를 바라봤다. 가슴에 있던 커다란 응어리가 풀리는 느낌이 들었다.

"진작 말하지. 힘들었겠다."

너는 지금껏 입을 다물어왔던 나를 타박하기는커녕 위로했다. 숨기느라, 눈치 보느라, 애쓰느라 네가 많이 힘들었겠다. 이제 괜찮아. 나한테는 네가 이렇게 말하는 것 같았다. 이래도 괜찮은 걸까. 걱정하는 내게 너는, 너라면 달라졌을 거냐고 물었다.

"아니, 하지만 너는 다를 수 있잖아. 아니, 보통은 달라졌을 거야. 달라졌다 해도 원망하지 않았을 거야."

"아니, 오히려 다 해봤었다니까 더 안심인데? 늘 내가 더 부족한 것 같아서 걱정했는데, 처음이 아니라니 조금은 부담을 덜었지 뭐야."

진심인지 능청인지 모를 말로 나를 안심시키는 너를 어찌 사랑하지 않을 수 있을까.

"어어, 울지마! 혹시 내가 떠나가길 바란 거야?"

"아니, 아니야. 좋아서 그래."

안심해서 그래. 내 인생에 오점을, 너무나 큰 일을, 네가 아무것도 아닌 일로 만들었다. 너의 한마디에 이제 이건 아무것도 아니라고, 더는 얽매이지 않아도 괜찮다고, 마음속에 웅크려 있던 작은 내가 그렇게 안도하고 있었다.

## 거꾸로

"아니, 왜 입장을 바꿔요? 내 입장이 더 유리한데?"

한 드라마에서 나온 대사를 듣고 무릎을 쳤다. 아니, 이렇게 명쾌할 수가! 뭐랄까 소다 같은 시원한 맛이 있다고 해야 하나. 그래, 입장을 왜 바꿔서 생각해야 해? 나한테 훨씬 유리한데! 왜 지금껏 이걸 몰랐을까? 왜 당연히 입장을 바꿔 생각해야 한다고 믿었지?

생각해 보면 그건 어린 날에 받은 교육 때문이 아니었나 싶다. 항상 입장을 바꿔 놓고 생각해 봐야 해. 그래야 다른 사람을 이해하고 배려할 수 있는 거야. 그렇게 해야 원만하게 세상을 살아갈 수 있단다.

하지만 선생님, 세상에 나와 보니 세상은 그렇게 아름답지만은 않더라고요. 저만 백날 입장 바꿔 생각해서 바뀌는 건 아무것도 없었어요. 되려 바보가 되는 기분이랄까? 세상에는 내 기분 같은 거 아무래도 좋은 사람으로 가득하더라고요. 그래서 저도 이제 제게 유리한 입장을 바꾸지 않기로 했어요.

세상이 거꾸로 돌아가면, 저도 거꾸로 돌아가야지 않겠어요?

**"우린 운명인 것 같아."**


너는 참 쉽게도 말했지. 그 말을 믿을 만큼 우린 참 순진했어. 뱉은 말을 지키기라도 하듯 우린 서로가 없어서는 안 될 사람인 것처럼 호들갑을 떨었지. 하루라도 못 보면 일 년은 떨어져 있던 것처럼 한참을 부둥켜안았지. 영원할 거라 믿었어. 네가, 우린 운명이라고 했으니까. 그렇게 헤어지는 순간까지, 아니 헤어진 이후에도 나는 한동안 우리가 운명이라 믿었어.

시간이 지나, 우리가 함께했던 만큼의 시간이 더 흘러 너를 다시 만났을 때, 너는 여자 친구가 있었고, 나는 여전히 혼자였어. 만나는 사람이 없었던 건 아니야. 하지만 누구를 만나도 헤어질 걸 알았어. 운명이라고 믿어지는 사람이 없었어.

너는 대체 뭐가 특별했던 걸까. 한참이 지나서 알았다. 특별했던 건 네가 아니라 그때였음을.

네가 한 운명이라는 말을 믿을 만큼 우리는 멍청했고, 그 멍청함이 우리를 특별하게 만들었다. 잊을 수 없는 추억을 새겼다.

이제 다시 안 할 그 멍청한 사랑은 우리도 한때 이야기의 주인공이었음을, 다사다난한 영화보다 아무것도 아닌 평범한 일상의 소중함을 일깨웠다. 너를 이따금 떠올리는 까닭이다.

한때는 바보 같은 사랑을 했음을, 어쩌다 너 같은 사람을 만났음을, 그래서 헤어진 지금도 떠올릴 추억이 있음을.

그때 하필 너를 만나서, 참 다행이다.

파도

자연이란 그렇다. 사람을 압도하는 힘이 있다. 커다란 자연 앞에 사람은 한낱 미물일 뿐임을 느끼는 순간들이 내게도 있었다.

그때, 그날 네가 나를 하얀 모래사막으로 데려가 주었을 때, 나는 네게 말했다. "언젠가 내가 죽는다면, 꼭 사막에 가루를 뿌려 달라고 할 거야."

그 말을 들은 너는 하얀 사막을 바라보며 말했다. 사람들은 대개 비슷한 생각을 하는구나. 너도 이 광경을 처음 본 날, 나와 같은 생각을 하고 비슷한 말을 했던 까닭이었다.

하얀 모래에는 너와 나만 이 세상에 존재하는 것 같았다. 사방을 둘러보아도 끝없이 하얀 모래사막이 펼쳐졌다. 아, 나는 무엇 때문에 그리 고민했던가. 그 모든 게 다, 다 작고 사소한 일이 되어 버렸다.

그날, 네가 나를 섬으로 데려가 하얀 파도를 보여주었을 때, 나는 멍하게 파도 소리를 듣다 깨달았다. 나는 아무 생각이 없음을.

"파도 소리가 참 시원하다."

태평하게 파도나 듣고 있는 내게 너는 그러게. 하고 낮게 읊조려 대답했다. 파도는 힘차게 들어와 서서히 빠져나갔다. 그 모습이 꼭 내 마음과 닮아 있어, 내 파도도 서서히 씻겨 나가기를 바랐다.

# 술

핑계였다.

뭐랄까. 너한테 한 번이라도 더 연락하고 싶어 무슨 수단이 필요했다. 지푸라기라도 잡는 심정으로 술을 마셨다. 그럼 잠시나마 취한 척, 네게 실없는 농담이나마 건넬 수 있으니까.

네가 뭐라고 하는지 하나도 들리지 않았다. 내 가슴에 있는 말이 내 귀를 막아, 너의 말은 단 하나도, 듣지 못했다.

너는 한숨을 내쉬며 그래도 끊지 않고 내 얘기를 들었다.

이튿날, 나는 잠에서 깨 꿈을 꾼 건가 싶어 핸드폰을 켰다. 너에게는 아무 연락도 오지 않았다. 간밤에 술주정은 꿈인가 생시인가.

나도 모른 척하기로 했다.

## 고민

"언니는 고민 같은 거 안 하죠?"

언니라. 평생 언니들 틈에서 자라온 내가 언니라는 호칭에 익숙해지다니. 너는 내게 참 많은 질문을 하는구나. 네가 내게 묻는 건 내 나이가 많기 때문일까. 그런 생각을 하며 대답했다.

"하죠."

그녀는 놀라며 어? 정말? 어떤 고민? 언니는 고민 같은 거 안 할 것 같아. 하는 그녀에게 나는 평소에 하는 고민을 진지하게 들려주었다.

"매일 고민해요. 오늘 뭐 먹을까."

"아니, 그런 거 말고. 심각한 고민이요. 내 인생은 어떻게 할까 그런 거요."

그런 고민을 한 게 언제였더라. 그래, 아마 고등학교 때쯤? 이제는 그런 고민을 하지 않는다. 고민할 필요가 없다기보다, 고민만으로 해결되는 게 없다는 걸 알고 있기 때문일 것이다.

"고민하지 않아요. 일단 하고 보죠. 어차피 안 해 보면 탁상공론인걸요."

그녀는 그럴 줄 알았다며 자신의 고민을 털어놓기 시작했다.

요즘 일터에서 실적이 안 좋다든가, 돈이 필요하다든가, 공부가 어렵다든가. 나는 이야기를 들으며 생각했다. 아니, 그건 고민이 아니지, 그냥 푸념이잖아.

사실 우리가 하는 고민의 대부분은 푸념이나 한탄인 경우가 대부분이다. 일터 실적이 안 좋으면 실적을 쌓으면 되고, 그렇게 열심히 일하기 싫으면 실적을 포기해야 한다. 대부분은 이걸 알면서도 일은 적당히 하면서 실적을 올리는 법을 찾아 고민한다. 백날 고민해야 나올 턱이 없다.

답을 알고 있는데, 그 답이 마음에 안 들 때에 하는 게 고민이 아닐까. 하지만 나는 그럴 여유가 없었다. 돈이 없으면 벌어야 하고, 실적이 안 좋으면 일을 열심히 해야 했다. 공부가 어려우면 잠을 줄여서라도 공부를 했다. 피붙이 하나 없이 나 홀로 건너온 유학 생활에, 기댈 곳이 없었다. 어쩌면 고민은 전혀 다른 선택이 가능한 사람들의 전유물이 아닐까? 아예 일터를 그만둔다든가 하는 전혀 다른 길 말이다. 나는 그녀에게 말했다.

"너무 고민하지 말아요. 사람은 결국 자기에게 가장 좋은 걸 선택하게 되어 있대요."

## 사랑

"사랑이 뭐라고 생각하세요?"

학교를 졸업하고 온통 연애와 사랑으로 머릿속이 가득하던 시절, 나보다 조금 더 나이를 먹은 선배에게 물었었다. 뭔지도 모르는데 한없이 달콤해 보이는 사랑이란 대체 뭘까. 그 선배는 내게 이렇게 말했다.

"갱신되는 거죠."

"갱신? 업데이트요?"

"이 사람을 만나면 이게 사랑 같고, 다음 사람을 만나면 저번까지의 사랑은 사랑이 아니었다는 걸 알게 되거든요."

"아니, 그건 좀 아니지 않나. 사랑이 아니었다니 너무 슬프잖아요."

"아니, 잘 된 거죠. 이제라도 진짜 사랑을 만난 셈이니까. 왜, 여자는 언제나 첫사랑이라 하잖아요."

언제나 첫사랑이라. 뭔가 로맨틱한걸. 당시 첫 연애를 막 시작했던 나는 어렴풋이 그렇게 생각했다.

시간이 지나 첫 이별을 맞고, 이건 정말 운명이다 생각한 연애를 다시 하면서 선배의 말이 생각났다. 언젠가 이 연애가 끝나면,

운명 같은 이 연애도 사랑이 아니게 되는 건가. 그런 생각을 하다가도, 결혼하면 되지 뭐! 하는 단순한 생각으로 사랑을 했다. 시간이 지나 그와는 헤어질 운명이라는 걸 받아들일 때까지 그랬다.

철석같이 운명이라 믿었던 상대와 이별을 겪고, 한동안 연애를 하지 않았다. 젊은 날의 연애는 거르지 말아야 한다는 게 나의 생각이었지만, 설레던 감정이 어느 순간 의무와 피로로 바뀌는 과정에 지쳐 버렸다. 그러면서 생각했다. 그래, 지금까지 한 건 사랑이 아니었던 거야. 어떻게 사랑이 이렇게 괴롭고 힘들고 피곤하고 질릴 수 있겠어? 내가 했던 건 사랑이 아니라 호르몬의 장난질이었던 거지.

그 후로도 나는 몇 번의 연애와 이별을 거듭했다. 그리고 여전히 딱 떨어지는 답은 찾지 못했다. 사랑이란 뭘까.

## 정리

"정리했어요."

아, 정리한다는 건 얼마나 편리한 말인가. 어쩌면 정리했다는 말은 끝냈어. 버렸어. 포기했어. 라는 모든 부정적인 말을 잘 포장하여 대변하는 말이 아닐까.

"그럼 완전히 끝난 거예요?"

"네."

"찬 거예요?"

"잡지 않았으니 찬 거죠."

차였군. 하긴, 장거리 연애랍시고 그렇게 바람을 피웠는데, 지금까지 꼬리를 잡히지 않은 게 더 신기하지.

"바람피우는 걸 알았어요?"

"물어보기는 했는데, 아니라고 했죠. 그때는 정말 아무 사이 아니었으니까. 더 묻지 않더라고요."

그때부터 정리하기 시작했겠네. 그런 생각을 하며 커피를 홀짝였다. 그 여자는 얼마나 마음고생이 심했을까?

"사실 헤어진 지는 좀 됐는데, 말 못 했어요. 나도 정리할 시간이 필요해서요."

사람을 만나고 헤어지면 다음 사람을 만날 때까지 적어도 그 삶과 함께한 시간만큼의 시간이 필요하다고 말하던 너. 빤한 거짓 말인 줄 알면서도 그럴듯한 말만 뱉는 너를 정리한 건 정말 잘한 일이다. 너와 헤어진 날, 나는 방을 치우고 이불보를 갈았다. 너의 흔적이 어디에도 남아 있지 않도록, 너와의 과거를 떠올리는 시간에 더는 내 인생을 허비하지 않도록. 나를 위해 내 공간에 스며든 너를 하나씩 정리했다.

## 인생의 책갈피

지하철을 타고 광화문 역에 내리면 출구로 나오기 전, 커다란 서점이 하나 있다. 알파벳과 숫자로 꼼꼼히 분류된 그 서점은 늘 새롭고 다채로운 책들로 가득하다. 기대되는 신간이라도 나올 때면 복도에 커다랗게 자리를 잡고 각종 홍보 문구로 한껏 멋을 낸 자태를 뽐낸다.

늘 가는 곳은 J 언저리. 그곳에 서서 알록달록한 표지로 치장한 책을 고른 뒤, 아무 페이지나 펴서 한두 문장을 읽고는 마음에 들었는지 자리를 잡고 앉아 첫 페이지부터 읽기 시작한다. 그렇게 한 시간 정도 지났을까. 줄곧 글에서 눈을 떼지 못해 피로감이 밀려온다. 그럴 때면 갈피끈을 끼우고 책을 덮는다. 눈을 감고 천천히 눈알을 굴리면 눈은 다시 생기를 되찾는다.

이야기를 잠시 멈추고 다시 이어갈 동력을 확보할 수 있게 도와주는 책갈피. 눈이 피로하면 책갈피를 끼우듯이, 일상에 지치면 여행을 떠난다. 나의 일상을 잠시 덮어 두고, 다시 나아갈 동력을 회복하는 시간이다. 잠깐 휙, 다른 곳을 둘러보며 눈의 원근법을 확인하는 시간 말이다.

지난 3월, 코로나의 여파가 오세아니아로 밀려들기 직전에 휴가를 냈다. 세금을 다루는 일의 특성상, 연말 연초는 한참 밀려드는 일에 정신이 없이 바쁘다. 막 밀린 일을 해치우고, 다시 한바탕 주기가 시작되기 전에 휴가를 낸 것이다. 이번에 가는 곳은 바로 옆에 있는 이웃 나라였지만, 차일피일 미루다 보니 5년이 다 되도록 방문할 일이 없었다. 한국에 돌아가기를 결정한 후에서야, 다시는 기회가 없을 것 같다는 생각에 뉴질랜드행을 결심했다.

퀸스타운 공항에 떨어졌을 때, 여기가 사람들이 말하는 뉴질랜드구나. 하는 생각이 바로 들었다. 공항에서는 푸릇푸릇한 산맥이 보였고, 바쁜 도시에서는 볼 수 없는 한적한 여유가 곳곳에 스며 있었다.

작은 캐리어를 끌고 엉금엉금 버스에 올랐다. 곧 버스가 출발하고, 창밖으로 풀을 뜯어 먹는 양 떼가 보였다. 아, 양이다. 양치기는 없네. 그런 생각을 하며 굽이진 산맥을 구경하고 있자니 금세 마을에 도착했다.

예약한 숙소에 짐을 맡기고 마을 관광이라도 할 요량으로 시내를 사부작사부작 걸었다. 퀸스타운의 시내는 그리 붐비지도, 그리 한적하지도 않았다. 맛있는 집에는 사람들이 줄지어 서 있는가 하면 모퉁이를 돌면 언제 그랬냐는 듯 자취를 감추었다. 그렇게 거리를 구경하다 보면 작은 시내는 금방 동이 나, 바다와 항구가 보였다. 소금기 섞인 달콤한 감자와 와인 향이 어우러져 기분 좋은 풍미가 일었다. 사람들은 웃고 떠들며 낮부터 술을 마셨고, 탁 트인 항구는 인파가 적어 서로 관여하는 일이 없었다. 바다 한편에서는 요트를 타고 서핑을 하는가 하면, 한쪽에서는 술을 마시고, 저쪽에서는 어린아이들이 장난감 부메랑 같은 것을 던지며 놀았다. 근심과 걱정일랑 없는, 히피의 세계에 온 것 같은 착각이 들었다.

처음에는 그 분위기에 적응이 되지 않아 홀로 마을 곳곳을 돌아다녔다. 유명한 관광지인 스카이라인에서 뷔페를 먹고, 여기저기 돌아다니며 사진을 찍었다. 여행을 왔으니 뭐라도 해야만 할 것 같은 의무감이 나를 부추겼다. 그렇게 밤까지 돌아다니다 기진맥진하여 숙소로 돌아왔다. 여독에 근육통까지 더해져 온몸이 뻐근했다. 작은 캡슐에 몸을 뉘고 아침 늦게까지 기절하듯 잠을 잤다.

이튿날 눈을 뜨니 소곤소곤 이야기 소리가 들렸다. 다들 여행지를 둘러볼 준비를 하는 듯했다. 뒤늦게 일어나 대충 물 세수를 한 뒤, 부랴부랴 햄버거집을 찾았다. 어제 길게 늘어진 대기 행렬을 보며 오늘을 기약했기 때문이다. 제법 늦게 일어났지만, 다행히 붐비기 전에 도착할 수 있었다. 대표 메뉴인 햄버거 세트를 시키고 가게를 구경했다. 여기저기 유명한 사람들로 보이는 사람들과 찍은 단체 사진과 사인들이 빼곡히 벽면을 메우고 있었다. 곧 주문한 세트가 나오고 창가에 앉아 지나가는 사람들을 구경하며 입안 가득 베어 물었다. 신선한 야채와 육즙이 섞여 황홀한 맛에 취했다. 그렇게 정신없이 먹고 있는데 관광객들로 보이는 한국인들이 가게 안으로 들어왔다. 들으려던 건 아니었으나, 이곳은 예상대로 꽤 유명한 식당인 모양이었다. 역시 잘 찾아왔군. 그런 생각을 하며 남은 빵 조각을 입에 넣고 갈 만한 곳을 검색했다.

처음부터 티켓과 숙소, 몇 가지 예약이 꼭 필요한 대표 관광 코스를 제외하고는 아무것도 정하지 않았다. 여유로운 시간을 보내고 싶은 소망도 있었고, 무엇보다 관광하기에 급급해서 정작 좋은 여운은 하나도 남기지 못한 채 너덜너덜해져 돌아오고 싶지는 않았기 때문이다. 남은 콜라를 마시며 버스에 올라 또 다른 관광지인 탄광 마을, Arrow town으로 향했다.

그렇게 이틀을 보내고 삼 일째가 되자, 이제는 퀸스타운에서 더할 일을 찾을 수 없었다. 워낙 해양 스포츠 같은 것으로 유명한 곳인데, 하나도 알아보지 않고 온 탓에 펄럭이는 옷들밖에 없었다. 그렇다고 혼자 번지점프를 할 용기도 나지 않았다.

덕분에 한가로운 한때를 얻은 나는 근처 카페에서 요깃거리를 사 들고 터덜터덜 걸었다. 짧은 도시는 나를 금세 항구로 데려다주었다. 파란 하늘이 청록색 바다를 닮아 반짝였다. 종종 갈매기가 찾아 와 나를 훑었지만 나눠줄 빵 조각이 없다는 것을 알고는 금세 날아가 버렸다.

편안했다. 달리 할 수 있는 게 없어 해야 할 게 없었다. 그제야 조금, 여행을 온 것 같은 기분이 들었다. 어떤 의무도 없는 하루, 아무도 나를 모르는 곳에서 나는 태평한 한량이 되었다. 지금이라면 아무 생각 없이 낮부터 맥주를 마시며 바다를 보고 갈매기의 울음소리를 들을 수 있을 것 같았다. 그들의 일상 속, 나는 스쳐 가는 아무개라는 사실이 더할 나위 없는 해방감을 안겨 주었다. 그때서야 부담 없이 바나나보트를 예약하러 갔지만, 예약은 이미 다 차 있었다. 이제야 평소에 안 하던 짓을 할 만큼 자유로워졌는데!

조금 더 그곳에 머무를 수 있었다면 나도 잠시나마 히피가 될 수 있었을까?

## 감정을 떠나는 여행

감정은 시도 때도 없이 불쑥 찾아오고는 한다. 어느 날 친구가 오랜만에 지방에서 올라왔다. 오랜만에 만났음에도 우리는 스스럼없이 놀고 잘 가라며 인사를 나누었다. 다음 날, 그 친구에게서 전화가 왔다. 잘 도착해서 연락하나 보다 싶어 반갑게 전화를 받았다. 하지만 친구는 새삼스럽게 지금 통화 할 수 있는지 묻더니, 뜸을 들이다 이렇게 말했다.

"정말 미안한데, 우리 모르는 사이로 지내면 안 될까? 처음부터 만난 적도 없던 것처럼 말이야."

장난이라는 생각이 들 수 없을 만큼 진지하게 말을 꺼낸 친구에게, 화가 나기보다 당황스러웠다. 놀라움을 감추며 이유를 물었다. 혹시 나도 모르는 사이 내가 말실수라도 한 건 아닐까? 친구는 내게는 잘못이 없다며, 본인만의 이유라고 했다. 내가 곁에 있으면 자꾸만 자신에게 엄격해진다는 것이다. 조금 더 나은 사람이 되어야 할 것만 같은 의무감이 들어 부담스럽다고 했다. 왜 그게 연을 끊는 이유가 되는 걸까. 아무런 다툼도 싸움도 없었다. 이 연락은 서운함을 전하려 하는 것도 화를 내 는 것도 아니었다. 더는 관계를 이어갈 의사가 없다는 부탁이자 통보였다.

4개월 만에 본 친구였다. 가끔 연락하는, 외국에서 만나 잠깐 같은 동네에 살던, 죽고 못 사는 사이도 아니고, 연인도 아니지만, 타지에서 말이 잘 통해 심심할 때마다 같이 놀고는 했던 친구. 우리가 생각 없이 놀던 그때, 내가 놓친 무슨 신호가 있었던 건 아닐까.

함께 했던 기억들이 조각조각 떠올라 목을 메웠다. 아무 말 않는 내게, 그는 한참을 이야기했다. 직접적으로 말을 하지는 않았지만 내게 하는 그 모든 말들은 일방적으로 연을 끊는 것에 대한 미안함을 담고 있었다. 혹시나 내가 나도 모르게 어떤 형태로든 부담이 되었던 걸까. 무엇이 문제였던 걸 까. 머릿속으로 어떻게든 스스로 납득할 만한 이유를 찾으려 노력했지만, 답을 찾을 수 없었다. 연 이 사라질 때, 이유 같은 건 그리 중요치 않았다. 사람의 인연은 결국 상호의 의지로 이어가는 것이다. 이제 와서 내가 할 수 있는 건 아무것도 없었다. 머리로는 그렇게 생각하면서도 눈물이 멈추지 않았다. 연인과 헤어지는 것도 아닌데 끊어지는 연이 슬퍼 눈물이 흘렀다.

결국 간신히 알겠다고 대답했고, 전화는 끊겼다. 친구에게 건강히 잘 지내라고, 그간 고마웠다는 문자를 남겼다. 언제든 생각이 바뀌면 연락하라고 말할까도 생각했지만, 그것마저 부담이 될까 싶어 손끝에 담아 두었다. 아침까지 평온하고 조금은 들 떠 있던 감정은 그사이 이유 모를 무게와 함께 가라앉아 있었다. 감정은 이성을 따라가지 못했다.

놀란 마음이 가라앉을 때까지 기다리며 홍차를 마셨다. 조용한 글귀를 읽었다. 당장이라도 떠나고 싶었지만 얼굴이 엉망이었다. 얼굴에 울음기가 사라진 걸 확인하고는 밖으로 나섰다. 그리고 가장 가까운 카페에 들어가 커피를 주문하고 앉아 글을 썼다. 집에서 가장 가까운 이 카페는 두 벽면이 유리로 이루어진 곳이었다. 유리 벽면에서 크게 'always, consistent'라고 적혀있었고, 새하얀 얇은 커튼 사이로 빛이 쏟아지고 있었다. '항상성'이라는 말이 있다. 지속해서 언제나 그 상태를 유지한다는 이 말은, 사람을 안심시키는 힘이 있다. 흔히 법이나 물리학에서 많이 쓰이는 말이지만 우리의 삶에도 적용된다. 사람은 어느 정도 관계를 형성하고 나면 나도 모르게 이 관계가 크게 바뀌지 않을 거라 믿는다. 특히 그 관계가 사랑 같은 너무 뜨겁고 가변적인 관계가 아니라면 더욱더 그렇다. 내 삶에 한 부분을 이루지만 다른 부분에는 거의 영향을 미치지 않는 관계는 그들에게도 내게도 굳이 바꿀 필요성을 느끼게 하지 않는다. 이렇게 방심한 틈에 공격을 받으면 항상성을 믿고 안주했던 마음은 무너져 내린다. 영원할 거라 믿은 건 아니지만 앞으로 한동안은 자연스럽게 변함없이 유지되리라 믿었기 때문일 것이다. 이렇게 무너진 감정을 진정시키는 가장 빠르고 좋은 방법은 감정이 발 발한 환경으로부터 멀어지는 것이다. 그곳이 어디든 가능하면 최대한 빨리, 어디든지 말이다.

유학하던 시절, 기말고사를 앞두고 정신없는 시간을 보내고 있었다. 생계를 위해 파트타임으로 계속 일을 해야 했고, 낙제하지 않기 위해 공부를 해야 했다. 모든 시험이 에세이로 이루어지는 대학 기말 평가는 운에 점수를 맡기기 어려운 시험이었다. 그렇게 몇 주 동안 학교, 일, 집을 반복하며 잠들 때까지 공부에 매달렸다. 결국 시험 날이 다가왔고, 기말고사가 끝났다. 깊게 몰두해서 노력했던 일이 끝나고 나면 해방감보다 허탈한 기분이 밀려온다. 수업이 끝나면 그날은 해방감이 느껴지지만, 수능이 끝나면 무언가 텅 빈 것 같이 느껴지는 것과 같은 기분이랄까. 공허한 기분에서 벗어나고자 작은 가방을 꾸려 지방으로 훌쩍 여행을 떠났다.

기차를 타고 몇 시간을 달려 도착한 곳은 빅토리아주에서 두 번째로 큰 도시라고 알려진 질롱(Geelong)이었다. 아무 계획도 없이 도착한 곳에서 제일 먼저 도서관으로 향했다. 당시 한참 도서관에 빠져 있던 터라 어디를 가든 도서관부터 들렀다. 사실 도서관은 여행지에서 빼놓을 수 없는 곳 중 하나다. 큰 도시에는 거대하고 멋진 도서관이 있고, 작은 도시에는 그들만의 감성을 담은 아기자기한 도서관이 있다. 게다가 무료 인터넷과 각종 정보를 얻을 수 있으니, 여행에 있어 꽤 유용한 곳이다.

도서관을 한참 둘러보다 비치된 빈백에 기대어 잠깐 쉬었다. 조용한 도서관에서 들리는 작은 소리에 귀를 기울이면 마음이 편해진다. 도서관을 나오며 마주친 사람에게 이곳에서 무얼 하면 좋을지 물었다. 인심 좋은 마을 사람들은 보타닉 가든(Botanic Gardens)과 비치를 추천해 주었다. 멜버른이 그러하듯 질롱도 그리 넓지 않아 뚜벅이인 나도 하루면 충분히 둘러볼 수 있었다. 그리 복잡스럽지도, 한산하지도 않은 동네를 거닐며 산책했다. 만나는 사람들은 하나같이 생전 처음 보는 내게 이야기보따리를 풀어놓았다. 아시아에 놀러 갔던 이야기, 키우는 강아지 이야기, 부자가 함께 놀러 온 이야기…. 마치 옆집 사람에게 말하듯 편안해 보였다. 덕분에 나는 별다른 이야기를 하지 않을 수 있었다. 시험이 끝나서 기분 전환 겸 놀러 왔다는 한 줄이면 내 설명은 족했다. 종종 이야기하다 명함을 주거나 자신의 빛나는 커리어를 말하며 학생인 나를 격려하는 사람들도 있었다. 아마도 언젠가 비슷한 경험을 한 자신의 모습을 겹쳐 보는 것이리라 짐작했다.

집으로 돌아와 지친 몸을 이끌고 침대에 몸을 던졌다. 어느새 허탈했던 기분은 사라지고 여행의 잔상과 노곤함의 무게만이 남아 있었다.

## 맛있는 맥주 마시는 법

술은 다양한 맛을 지닌다. 같은 술도 달게 마실 때가 있는가 하면 입에 대자마자 얼굴이 찌푸려질 정도로 쓰게 느껴지기도 한다. 그럼에도 우리는 쓰면 쓴 대로 달면 단 대로, 술을 마신다. 술만큼 '풍미'라는 단어가 어울리는 음식도 없을 것이다. 가지각색의 다양한 풍미를 지닌 술들은 사람들의 친목을 도모하기도 하고, 외로운 이들을 위로하기도 하며, 때로는 생각을 멈추고 숙면을 취할 수 있도록 도와주는 보조제 같은 역할을 한다.

인류의 사랑을 듬뿍 받는 술, 그중에서도 하나를 꼽자면 나는 와인 파다. 물론 그 맛과 먹는 분위기도 그렇지만 무엇보다 기분 좋게 취하고 잠이 잘 온다는 점에서 와인을 좋아한다. 두 잔만 마셔도 몸이 축 처지면서 눈이 스르륵 감기는 기분 좋은 마법을 부린다.

맥주는 그에 비하면 내게는 꽤 불편한 술이었다. 마실 때 입안 가득 퍼지는 따가운 탄산도 그렇고, 아무리 마셔도 배만 부를 뿐 취하지 않을뿐더러 마실수록 살이 찔 것만 같은 묘한 불편함이 있다. 무엇보다 곡식을 증류해 만든다는 맥주는 풍미라고는 찾아볼 수가 없었다. 한결같이 보리차에 알코올을 섞은 쾌쾌한 향이 났다. 그럼에도 맥주는 회사원들에게 소주만큼이나 인기가 많았고, 그들과 함께하며 나 또한 한두 잔씩 맥주를 삼켰다.

당시만 해도 주위에 있는 많은 애주가 덕분에 다양한 맛의 맥주를 맛보고 살았지만 영 마음에 드는 맥주를 찾을 수 없었다. 유명하다는 맥주 바에서 일곱 종류의 맥주를 맛보기도 하고, 일하던 매장에 새로 들어오는 맥주를 얻어먹기도 했지만 이거다! 싶은 맥주를 찾을 수 없었다. 그나마 거부감 없이 삼킬 수 있는 맥주는 생맥주 중에서도 아사히 블랙 정도였다.

그런 내가 맥주의 맛을 알게 된 것은 성인이 되고도 오륙 년이 지난 후에 일이다. 한번은 고등학교 시절부터 친하게 지내던 친구가 호주에 놀러 온 일이 있었다. 멀리 한국에서 오는 친구와 여행도 할 겸, 멜버른으로 들어오기 전, 태즈메이니아로 이박 삼일의 짧은 여행을 떠났다.

작은 뉴질랜드라고 불리는 태즈메이니아의 고즈넉한 풍경과 유럽풍의 아름다운 건물은 마음을 치유 하기에 충분했다. 특히 당시 태즈메이니아는 막 도시 개발이 가능해진 직후였기에, 높은 건물이라고 는 찾아볼 수 없는 곳이었다. 낮은 건물들은 알록달록 파스텔색으로 칠해져 그림책에나 나올법한 모습을 하고 울퉁불퉁한 거리를 꾸몄다.

독특하고 다양한 전시로 유명한 모나 박물관도 인상적이었지만, 무엇보다 카스케이드 맥주 공장(Cascade Brewery Co)은 처음으로 맥주는 맛없다는 편견을 깨 준 곳이었다.

이곳에는 카스케이드 공장 탐험과 함께 맥주를 맛보게 해주는 패키지가 있었다. 이백 년이 다 되어 가는 공장을 둘러본 후, 우리는 기대하던 맥주 바에 앉아 맛있는 안주를 곁들인 맥주를 마셨다. 각기 다른 여섯 가지 맥주를 조금씩 마시고, 맥주 한 잔씩을 시킬 수 있었다. 친구와 나는 Cascade Lager와 Cascade Draught를 고른 것으로 기억한다. 후에 기념품 가게에 들른 친구는 맥주를 한가득 사서 돌아왔다. 나 또한 그날 저녁 마실 맥주를 샀다. 우리가 마신 카스케이드의 맥주는 이곳에서만 취급하는 것으로, 호바트의 다른 맥줏집이나, 호주에서는 찾아볼 수 없었다.

지금도 그때의 추억은 행복한 기억으로 남아있다. 맛있는 맥주와 비싸기만 한 안주를 먹던 우리는 더없이 행복했다. 여행을 떠나왔다는 설렘과 그런 사람들이 모여 만드는 자유로운 분위기에 젖은 건지는 몰라도, 맛있다며 한가득 사 들고도 아쉬움이 남을 만큼, 그 맥주는 맛있었다.

맥주에도 이토록 다양한 맛이 있다면, 사람들이 극찬하는 체코의 맥주는 어쩌면 내가 모르던 새로운 맥주의 세계를 열어줄지 모르겠다.

## 나만의 방학 만들기


여행이란 뭘까? 우리는 왜 여행이라는 단어를 마치 좋은 휴식과 여가가 총집합 된, 삶의 질을 올려 주는 마법의 단어처럼 여기게 된 걸까. 무지 카페에 앉아 늦은 아침을 먹으며 생각했다.

여행할 때면 서로 다른 국가에서 모이는 탓에 자연히 시차가 생기기 마련이었는데, 비교적 휴가를 길게 쓸 수 있었던 나는 대체로 일찍 와서 늦게 돌아가는 비행기를 끊었다. 엠마가 하루 먼저 비행기에 오른 이튿날, 나는 싱가포르에서 남은 반나절을 쥬얼(jewel)에서 보내기로 했다. 창이 공항에 도착한 나는 캐리어를 끌고 구름다리를 건너 쥬얼로 향했다. 창이 국제공항에서 새롭게 창조한 이 공간은 거대한 인공 폭포와 현대식 상점들이 어우러져 미래도시 같은 분위기를 자아냈다. 이렇게 거 대한 폭포를 어떻게 만들어낸 걸까? 핸드폰으로 연신 사진을 찍어대는 사람들 속에 나도 몇 장을 찍어 엠마에게 보냈다. 이거 봐라. 예쁘지?

그리고는 짐을 보관하고 늦은 아침을 먹기 위해 식당가를 기웃거렸다. 아직 조금 이른 시간이라 선택지가 많지 않았다. 즐비한 브랜드의 간판 가운데, 그나마 일찍 문을 열었던 무지에 들어섰다. 세트 메뉴 하나를 시키고 숨을 돌리자 익숙한 한적함이 밀려왔다.

여행에서 가장 고요하고 독특한 시간이다. 아무것도 하지 않은 채 멍하니 생각에 잠기는 시간. 정신없이 돌아다닌 긴 여행 끝에 가지는 고요한 휴식 시간. 느긋하게 밥을 먹고 온몸이 지루해질 만큼 늘어지고 나면 다시 사부작 걷기 시작한다. 영화관에 내려가 영화도 한 편 보며 감동하다 (당시 라이온 킹이 리메이크되어 상영 중이었다) 다시 기지개를 켜며 늘 가던 프랜차이즈 카페에서 커피를 마신다.

동네에서나 할 법한 일을 해도 여행지라는 이름은 이 평범함 속에 있는 나를 특별하게 만들어 준다.

휴가를 내고 여행을 왔다는 사실만으로 꽤 높은 만족감을 선사하는 것이다.


유대주의에서는 일주일 중 칠일째에 쉬는 것을 안식일이라 한다. 요즘에는 일하는 칠 년 중 휴식을 취하는 해를 '안식년'이라 부른다고 들었다. 처음 이 이야기를 들은 것은, 어떤 대학교수가 안식년을 가지러 외국에 갔다는 이야기를 전해 들었을 때였다. 안식년이라. 퍽 부러운 울림이다.


안식.


그 단어만으로 평화로움을 자아내는 말이 아닌가. 유대주의가 칠 일째를 휴식일로 정한 것처럼 대학에서는 연구 칠 년째를 안식년으로 정해 외국에서 연구하며 재충전의 시간을 갖는다는 이야기였다. 몇 년이 더 흐른 지금, 안식년은 고생하는 나를 위해 잠깐 쉬어가는 해. 정도로 농담처럼 쓰이기도 한다. 안식년. 사실 우리 모두에게는 안식년이 필요하다.

모든 직장인에게 제도적인 차원에서 안식년이 보장되면 좋겠지만, 물적으로나 심적으로나 어려운 부 분이 있다. 나만 해도 당장 일 년을 쉬라고 하기 이전에, 육 년 동안 쉬지 않고 한 곳에서 일을 하 는 것부터 과연 가능한 일인가 싶다. 물론 칠 일 중 이틀을 쉬는 삶을 살고 있지만, 정신없이 평일을 보내다 보면 그만큼 주말에 해야 하는 일이 많아진다. 미뤄둔 드라마도 봐야 하고, 책도 읽고 싶고, 무엇보다, 그동안 긴장하느라 지친 심신을 달래기 위해 최선을 다해 휴식을 취한다. 다음 일주일을 위해 심신의 체력을 보충하는 시간이다.

그렇게 정신없는 일주일, 한 달, 일 년을 보내다 보면 문득 회의감이 밀려올 때가 있다. 특히 갑자기 업무량이 늘거나, 사회생활에 크고 작은 문제가 생겨 마음고생을 하다 보면 매일 밤 잠들지 못하고 고민하기에 이른다. 퇴사해야 하나?

우리는 어린 시절 모두 이런 재충전의 시간을 보장받으며 살아왔다. 학교는 방학이 있었고, 중간중간 수학여행이나 소풍 같은 일상에서 벗어나 바람을 쐴 기회가 주어졌다. 그런데 나이를 먹을수록 방학이 줄고, 수업 시간은 길어졌으며, 학업과 관련 없는 활동을 하는 빈도도 줄어들기 시작했다. 그리고 사회에 나오니, 방학 같은 건 없었다. 균형 잡힌 삶을 살다 갑자기 과다한 업무를 짊어지게 된 사람들은 스트레스를 받으며 급격히 어른이 되어야 했다.

그나마도 부여잡기 위해 필사적인 세상이다.

그렇게 필사적으로 자리를 잡은 어른이들은 각기 다른 방법으로 그들만의 '방학'을 만들었다. 모두 그들만의 방식을 가지고 있겠지만, 나와 주변의 많은 사람이 택했던 방법은 여행이었다.

멜버른에서 일하던 시절, 새해가 밝으면 만나는 사람마다 인사를 하듯 물었다. 휴가 언제 가세요? 그렇게 사전 조사를 마친 사람들은 가장 무리 없이 휴가를 쓸 날을 골라 신청서를 제출했다. 간혹 부서 사람들은 차례를 정해 돌아가며 휴가를 내고는 했다. 자유롭게 휴가를 쓰는 법적 제도와 사회적 풍조를 가진 나라였던 탓에, 짧게는 일주일에서 길게는 스무 밤이 넘게 휴가를 쓰고 여행을 떠났다. 새해맞이 휴가 조사는 이런 장기 휴가를 계획하기 위함이다.

한번은 일하던 중 다른 부서에 대리급이 와서 물었다. 휴가 안 가세요? 아직 다녀온 지 다섯 달 밖에 안 되었다고 대답하자, 그는 이렇게 말했다.

그럼 다음 달에 가면 되겠네! 원래 휴가는 반년에 한 번씩은 써 줘야 해요. 어디 여행이라도 다녀와요!

그 이야기를 들은 직후, 고민하던 티켓을 예약했다. 그 티켓이 바로 이 주 동안 홀로 떠난 뉴질랜드 여행이다. 지난 9월, 일주일 동안 싱가포르에 다녀온 지 딱 반년 만에 쓴 휴가였다.

호주가 다 그런지는 모르겠으나, 멜버른에서는 공휴일을 제외하고 평일 기준 딱 사 주간의 휴가가 주어졌다. 휴가는 시간 단위로 쪼개 쓸 수 있어서, 잘만 맞추면 일 년에 여섯 주는 휴가를 가질 수 있었다. 적어도 열두 달 중 한 달은 너끈히 쉴 수 있다는 이야기다. 일종의 안식월이랄까?

표를 끊고 그날만을 바라보며 지친 날을 버티어 냈다. 그렇게 한껏 재충전을 마치고 돌아오면 한동안은 다시 힘을 낼 수 있다. 그리고 다시 지치는 때가 오면 또 다른 티켓을 끊었다. 짧게나마 그렇게 나의 방학을 만들었다. 꼭 여행이 아니더라도 이런 시간은 무척 중요하며, 건강한 삶을 유지하는 원 동력이 되어 준다.

우리에게도 방학이 필요하다.

## 마음의 걸음

그날따라 유독 생각이 났다.

귀국한 뒤로 되려 연락이 뜸해진 친구가 있었다. 같은 나라에 있으면 더 자주 보게 될 거라 생각했지만 막상 만날 수 있는 여건이 갖추어지자, 언제든 만날 수 있을 거라는 생각에 번번이 우선순위에서 밀려나고 말았다.

그날은 그랬다. 문득 생각이 났다. 마지막으로 연락한 게 언제였더라? 하는 생각이 들어 별 뜻 없이 전화를 걸었다. 신호음이 두어 번 들리더니 곧 익숙한 친구의 목소리가 들렸다. 잘 지냈어? 왜 그동안 연락 안 했어. 장난 섞인 말투로 평소처럼 건넨 말에 친구는 말했다.

"내가 요즘 너무 우울해서, 괜히 전화하면 우울한 얘기만 할 것 같아서. 오랜만에 전화하는데 우울한 얘기 하면 그렇잖아."

한참 취업 준비 중인 친구는 몇 번의 고배를 마시더니 점점 자신감을 잃어가는 듯했다. 이제 어릴 때처럼 덜컥 아무 일이나 하기는 겁이 나고, 눈을 낮추자니 후회할 것 같고, 눈에 차는 곳들은 면접까지는 어떻게 들어갔지만 결국 선택받지 못했다. 그러다 보니 점점 위축되었고, 이제는 친구들을 만나도 전처럼 즐겁지 않다고 했다. 누가 눈치 주는 것도 아닌데, 괜히 내가 이러고 있어도 되나 싶고, 해야 할 공부와 써야 할 자소서들이 머릿속을 떠나지 않는다고.

전화를 끊고 잠시 생각에 잠겼다. 유학 시절, 잠깐 일을 쉬던 때가 있었다. 대학 시절부터 생계를 위해 항상 파트타임 일이라도 꾸준히 했던 터라 그렇게 오래 쉰 적은 그때가 처음이었다. 인턴십을 하느라 다니던 아르바이트를 그만두고, 다른 일을 구하지 못한 채 학기가 끝난 것이다. 처음에는 내심 '그래, 그동안 고생했으니 좀 쉬어야지.' 하는 보상 심리에 기대어 여행도 다니고 친구들도 만나며 놀 기대에 부풀어 있었다. 하지만 그게 한 달이 되고 두 달이 지나가자, 점점 경제적인 부분부터 나를 압박해 왔다.

멜버른은 집세가 비싸 숨만 쉬며 살아도 달에 백만 원 정도가 빠져나간다. 그동안 줄곧 일하느라 몰랐었다. 밑 빠진 독에 물을 붓지 않으면 놀라운 속도로 텅텅 빈 잔고를 보게 된다는 것을 말이다. 이렇게 지속될 걸 모르고 초반에 아무 생각 없이 놀러 다닌 덕에 잔고는 더 빠듯했다. 당장 거리에 나앉을 정도는 아니었지만, 이 상황이 석 달 정도 더 지속된다면 불가능한 일도 아니었다. 시간이 갈수록 마음은 조급해졌다. 놀러 다녀도 괜히 내가 더 많이 내는 것 같고, 안정적인 직장을 가지고 있는 주제에 무직인 내게 1/n을 요구하는 친구들이 야속하기까지 했다. 그런 생각이 드는 자신에게 화가 났다.

당시에 한참 어울려 놀던 친구와 유독 다툼이 많았던 건 그 탓인 것 같다. 그 친구는 새로운 곳을 돌아보기를 좋아했다. 멀리 못 갈 때는 근교에 있는 새로운 카페나 음식점, 박물관, 유적지라도 찾아다니며 감탄하고 뿌듯해했다. 그 친구를 보고 있으면 마치 그런 '문화생활'을 하는 것이 여유의 상징이자 살아가는 법인 듯 보였다. 가깝든 멀든 여행과 맛을 탐미하는 데에는 돈이 들었다. 백수였던 우리는 시간이 많아 더 자주, 많이 갈 수 있었고, 그만큼 잔고는 빠르게 줄어들었다. 상황이 안 좋아질수록 그래도 여유롭게 잘 지낸다는 모습을 보여주고 싶어, 괜히 조급한 마음을 숨기고 싶어, 더 열심히, 부지런히 돌아다녔다.

그리고 어느 순간부터, 여행은 힘들고 지루한 것이 되어버렸다.

아닌 척해도 우리는 점점 압박을 받고 있었고, 숨기려 해도 조급한 마음은 가시처럼 돋아나 서로를 찔렀다. 돌아다니는 걸음은 무거웠고, 새롭고 예쁜 것들을 보며 감탄하지만, 속으로는 다가올 앞날을 걱정하고 있었다. '아니야. 미래를 위해 현재를 희생할 필요는 없어!'라며 자신을 설득해 보아도, 어느새 작은 불안감은 머릿속을 꽉 채우고, 악몽은 잠자리를 함께했다.

그때 나는 자신을 '여행을 좋아하지 않는 사람'이라고 결론지었다. 다들 여행을 하면 마음이 밝아지고, 기분 전환이 되고, 스트레스가 해소된다고 하는데, 나는 여행을 할수록 점점 스트레스가 쌓이는 기분이 들었다. 잘 모르는 곳을 돌아다니며 매번 찾아

보고 지도를 확인해야 하는 것도 번거롭고, 다음 목적지까지 걸어야만 하는 것도 싫고, 웅장한 자연을 보고도 큰 감흥이 없었다. 그냥 자연일 뿐인걸? 나는 그리 큰 감흥을 받는 사람이 아닌 걸 거야. 그때는 그렇게 생각했다.

그리고 시간이 지나, 취직하고 돈을 벌다가 이직을 앞두고 다시 여행을 가게 됐다. '여행은 좋아하지 않아!'라고 결론 지었지만 그래도 미지에 대한 호기심은 여전했고, 무엇보다 '지금 아니면 언제 가겠어?' 하는 심리가 나를 부추겼다.

그렇게 전에 다니던 회사를 퇴사하고 다음 회사에 입사하기까지 있던 공백인 약 일주일간, 나는 서호주로 여행을 떠났다. 서호주는 내가 있던 멜버른에서 비행기를 타고 3~4시간 정도 떨어진 곳에 있었다. 멜버른이나 시드니만큼 발전한 곳은 아니었지만, 시내 자체는 충분히 발전되어 있었고, 근교에는 광활한 자연이 그대로 남아 있었다.

당시에 퍼스에서 머물던 친구와 만나 주변을 여행했다. 아름다운 시내 야경, 반짝이는 해변과 귀여운 쿼카가 있는 로트네스트 아일랜드도 좋았지만, 내가 넋을 잃은 곳은 란셀린 사막(Lancelin Sand Dunes)이다. 이곳을 표현하자면, '어린 왕자가 떠난 곳'이라 하겠다. 어린 왕자의 마지막 장면에 아무것도 없는 사막 위로 쓰러지며 자신의 별로 돌아가는 장면이 있다. 어린 시절 어린 왕자를 읽으며 내가 상상했던 그 사막. 아무것도 없는 새하얀 모래로 지평선을 이루는 곳. 그곳이 란셀린이다. 당시에 나는 그곳에 함께

간 친구에게 그런 말을 했었다.

"만약 자살을 해야 한다면 바다가 아니라 사막에 빠져 죽고 싶어." 그 말을 들은 친구는 이렇게 답했다.

"신기하네, 사람들은 대부분 비슷한 생각을 하는구나."

압도되는 자연 앞에 나라는 존재는 이 푹푹 빠지는 모래 더미 속 먼지와 같은 존재로구나.

그런 생각을 하며 사람들이 안 보이는 곳으로 엉금엉금 사막을 올랐다. 어느 백사장의 모래보다 가는 사막은 낮은 바람에 몸을 싣고 내 발에 쉬지 않고 둔덕을 쌓았다. 당장 이곳에 빠져 죽어도 행복하지 않을까? 하는 생각이 들 만큼, 아름다운 곳이었다. 반짝이는 별도 아닌 풀 한 포기 자라기 힘든 모래 더미가 이렇게 아름다울 수 있다는 게 더 신기하고 신비롭게 다가왔다. 햇볕에 반짝이는 하얀 사막은 지대를 수놓은 듯 고요히 반짝이고 있었다.

그 후, 나는 누군가 호주 여행지를 물어보면 꼭 퍼스에 가보라고 권한다. 호주를 여행한다면 꼭 퍼스에 가봐. 그곳에서 차로 한 시간 거리에 있는 사막을 꼭 들려. 아름다운 사막을 꼭 가봐. 정말, 정말 아름다울 거야.

그 후로도 나는 많은 곳을 여행했다. 몇 번은 감동적이고, 몇 번은 힘들고, 몇 번은 즐거운 여행이었다. 왜 어떤 여행은 즐겁고 어떤 여행은 힘들기만 한 걸까? 지금까지의 여행을 돌아보며 생각건대, 여행의 묘미를 결정짓는 데에는 여러 가지 요소가 있겠지만, 가장 기본은 그랬다.

마음도 여행할 채비를 해야 한다.

아무리 멋진 여행지에 유쾌한 친구와 함께하더라도 내 마음이 무거우면 힘들고 지루한 여행이 되고 말았다. 그건 분명 마음이 함께 여행을 오지 못한 탓일 것이다. 흔히, '마음이 다른 데 가있다.'고 표현하는 것처럼, 내 마음은 여전히 두고 온 현실에 머물러 있는 탓이다.

그래서 이제는 여행을 준비하면서 마음의 채비를 함께 한다. 휴가를 다녀오는 동안 아무 문제가 없도록 일도 미리미리 해 놓고, 혹시 무슨 문제가 생겨도 나를 찾지 않도록 업무를 분담하고, 여행하는 동안에도 재정에 영향이 없도록 연차를 쌓아 두고, 나중에 고민스러울 것을 대비해 회사에 돌릴 기념품도 미리 알아본다. 그 무엇도 내 마음이 여행하는 것을 방해하지 않도록 하나하나 꼼꼼히.

지금도 누군가 여행을 좋아하는지 물으면 '잘 모르겠다.'고 대답한다. 여행을 간다고 무지 들뜨기도, 여행을 온 것만으로 신이나고 행복하지도 않다. 다만 여행은 때론 감동을 주고, 때로는 사색의 때와 사건을 제공해 준다. 그래서 여행을 좋아하는지는 모르지만, 누군가 여행을 '자주 가는지' 묻는다면, 자주 가는 편이다, 대답할 수 있겠다. 어느새 여행은 이따금씩 주기적으로 하는 일상이 되어 있었다.

## 무계획의 묘미

　사전적 의미의 계획은 앞으로 할 일을 미리 생각하여 정하는 것을 말한다. 실현 가능한 우선순위의 배열인 셈이다. 꼼꼼한 계획은 기억의 부재를 방지하고 실수를 줄이며 안정감을 준다. 그래서 나 또한 고등학교 때부터 꽤 오랫동안 다이어리를 적었다. 꼭 이루고 싶은 목표가 있을 때, 시간을 효율적으로 사용하고 싶을 때, 계획은 더할 나위 없는 조력자다. 하지만 여행에 있어서만큼은 최소한의 계획만을 허용한다. 해외여행이라면, 비행기표와 숙소. 국내여행이라면 목적지의 선정까지다.

　계획 없는 여행을 선호하는 데에는 나름의 이유가 있다. 우선, 여행은 내게 '휴식'이다. 휴가를 내어 잠깐 일상에서 벗어나 갖는 꿀 같은 시간. 이런 시간을 쉴 새 없는 관광으로 채운다면 나는 심신이 지쳐 앓아누울 것이고, 비록 많은 사진을 남길지언정, 휴식으로서의 여행은 사라져 버릴 것이다. 또 다른 이유는 자유도에 따른 의외성에 있다. 아는 이 없는 타지에서 주어진 방대한 시간은 의외의 만남과 성과를 듬뿍 안겨준다. 물론 전혀 수확이 없을 때도 있지만, 그조차도 '호캉스'로 정의할 수 있는 게 여행의 매력이 아니던가.

그런데도 대게 무계획은 더욱 윤택한 시간으로 꾸며지게 된다. 뉴질랜드의 테카포 호수(Lake Tekapo)에 머물렀을 때, 나는 이튿날 오후까지 아무런 계획이 없었다. 워낙 급하게 잡은 일정이기도 했고, 관광 정보를 알아볼 때에도 '밤에 쏟아지는 은하수를 볼 수 있다.'는 것 외에는 관심이 가는 정보가 없었다.

오전에 일찌감치 도착해 호텔에 체크인을 마친 나는 고픈 배를 채우려 호텔 로비에 있는 레스토랑으로 향했다. 치킨 샐러드를 먹으며 삼각대에 사진기를 설치하고 혼자 기념사진을 몇 장 찍은 후 친구들에게 전송한다. 혼자 여행하는 내 안위를 걱정하는 사람들을 안심시키기 위함이다. 배를 채우고 나니 겨우 정오가 막 지나, 창으로 햇빛이 쏟아졌다. 뭐라도 해 볼까 하는 마음으로 호텔 로비로 가서 묻는다.

"저는 밤까지 아무 일정이 없어요. 여기서 무얼 하면 좋을까요?"

"사실 이곳은 밤에 별을 관측하는 것 말고는 특별한 관광 코스는 없어요. 그 외에는 (여기서부터가 중요하다.)걸어서 10분 정도 되는 거리에 작은 교회가 있어요. 호수가 바로 보이는 교회는 이곳의 촬영 명소죠. 혹시 커피를 좋아하나요? (좋아한다고 대답했다.) 그럼 이곳에서 조금 떨어진 곳에 작은 산이 있는데, 그 산꼭대기에 아스트로(Cafe Astro)라는 카페가 있어요. 저도 몇 번 가봤는데, 저는 잘 모르지만, 커피로 유명한 것 같더라고요. 다섯 시까지 하니까 등산 겸 천천히 걸어갔다 오시면 시간도 딱 맞을 거예요."

자, 이제 나는 더할 나위 없는 여행 코스가 생겼다. 산꼭대기에 있는 카페라니! 평소 같으면 절대 가지 않겠지만 시간 많고 할일 없는 나는 간단히 채비한 뒤 걸음을 옮겼다. 비록 산을 오르는 동안 '한 시간 정도 산을 오르면 나온다.'고 아주 쉽게 말했던 직원이 조금 원망스러워졌지만, 정상에 오르자 그 노고는 금세 잊었다. 고도가 꽤 높은 카페는 기온이 꽤 쌀쌀했고 바람이 많이 불었다. 그날따라 부슬부슬 내리던 비는 어느새 흩어져 새하얀 하늘을 덮었고, 나는 구름 위에서 커피를 마셨다.

엉금엉금 산에서 내려와 호텔 침대에 뻗었다. 오랜만의 등산에 긴장한 근육이 풀어지며 노곤해졌다. 잠시 눈을 감고 침대로 파고드는 피로의 중력에 집중했다. 침대 속으로 푹 꺼지는 듯한 착각이 일었다. 포근했다. 아주 잠깐, 단잠을 잤다. 그러다 퍼뜩, 잠에서 깨어 호텔 로비로 걸음을 옮겼다. 혹시 주변에 쌀밥을 파는 레스토랑이 없는지 물었다. 뉴질랜드에 도착하고 여행하는 내내 양식만 먹은 탓에 담백한 쌀밥이 그리웠다. 다행히 호텔 가까운 곳에 유명한 일식집이 있었다. 호수밖에 없는 이런 시골에 이토록 많은 일본인이 일하고 있다는 게 신기할 정도로, 그 식당은 꽤 크고, 직원은 대부분 일본인 같았다. 호수가 바로 보이는 식당은 꽤 오래전에 자리를 잡은 유명한 맛집인 듯했다. 그곳에서 연어알이 가득 들어간 연어회 덮밥을 먹었다. 멜버른에서는 좀처럼 평범한 메뉴에 들어있지 않았기에, 듬뿍 들어 있는 연어알에 조금 감동해 버렸다. 사진을 찍어 호주에 있는 친구들에게 자랑하고는 밥 한 톨 남기지 않고 깨끗이 비웠다.

밤에는 이것저것 물어보느라 친해진 호텔 직원과 맥주를 마시며 이야기를 나누었다. 본래 필리핀에서 유학했던 그는 그곳에서 만난 여자친구와 이민을 목적으로 캐나다에 살았지만, 결혼에 확신을 갖지 못해 결국 도쿄로 돌아갔다. 어찌 된 운명인지 취직한 회사는 몇 년 후 어떤 사건으로 폐업을 맞이했고, 고민 끝에 돈을 벌어 대학원에 들어가기로 마음먹었다. 그 후 돈을 벌기 위해 워킹 홀리데이를 왔지만 잘 풀리지 않았고, 뉴질랜드를 여행하고 다른 곳으로 가려는 차에 이 호텔에서 일자리를 제안한 것이다. 그 후 약 일 년 동안 호텔에서 취업 비자를 받아 일하고 있었다. 인생은 새옹지마. 사람 일은 어찌 될지 모르는 법이다.

그런 이야기를 나누며 친해진 우리는 그날 새벽, 함께 산책하며 쏟아지는 별을 구경했다. 별은 사진에서 본 것만큼 깨끗한 은하수를 보여주지는 않았지만, 무척 아름다웠다. 사실, 관광 사진으로 쓰이는 그런 은하수를 볼 수 있는 건 손에 꼽을 정도라는 이야기를 나중에 들었다. 그럼에도 성실한 무계획을 실천한 하루의 잠은 달콤했고, 오전 늦게 일어나 거니는 호수는 활짝 갠 햇빛을 받아 보석처럼 반짝였다. 친구가 된 그와 함께 점심을 먹고 기념품 가게 들러 지인들의 선물을 산 뒤, 배웅을 받으며 버스에 올랐다.

계획 없는 여행에서, 우리는 때때로 근사한 우연과 마주한다.

## 빨간 방

'약자'가 된다는 건 뭘까? 우리는 다양한 상황에서 '약자'라는 말을 사용한다. 사회적 약자, 신체적 약자, 사랑하는 사람과 있어 관계의 약자 같은, 속히 말하는 '갑과 을'과는 조금 다른, 조금 더 연약하고 보호해 주어야 할 것 같은 느낌을 주는 단어다.

우리는 삶에서 꼭 한번은 약자로서의 경험을 하게 된다. 우리는 모두 어릴 적, 사회적 약자로서 보호의 대상이 되어 국가와 어른들의 보호를 받으며 자라난다. 그리고 고등학교를 졸업하고 만 19세 가 되면 보호의 울타리 밖으로 팽개쳐진다. 갑자기 쏟아지는 선택권과 자유 속에 갈 곳을 잃은 청소년들이 그들이 선망하던 자유가 책임이라는 굴레와 함께한다는 것을 깨닫는 데에는 그리 오랜 시간이 걸리지 않는다.

그렇게 필사적으로 자신을 갈고닦아, 대부분은 다시금 커다란 울타리 속으로 들어간다. 직장이라는 울타리, 새로운 가족이라는 울타리. 그렇게 자신이 약자였던 시절은 서서히 잊혀진다.

그렇게 스스로 자리 잡은, 다 큰 어른이 바로 당장 '약자'가 되는 곳이 있다. 바로 '여행지'이다. 특히 홀로 하는 해외여행의 경우, 그 포지션은 극대화된다. 약자가 된다는 건 남들보다 불리한

위치에 있다는 것, 어릴 때와 다른 게 있다면 여행에서 비롯된 약자의 경우는 '심리적 불안감'이 큰 역할을 한다는 것이다.

뉴질랜드 북섬에서 머물렀을 때였다. 남섬을 혼자 여행하며 이미 어느 정도 홀로 하는 여행에 익숙해져 있었지만, 북섬은 남섬과는 사뭇 다른 느낌을 자아냈다. 나의 불안은 공항버스에서 내리면서부 터 시작되었다.

뉴질랜드에서 이용한 공항버스는 짐을 보관하는 수납공간이 따로 있었다. 타기 전 버스 아래쪽에 있는 빈칸에 캐리어를 싣고 몸만 탑승하는 구조였다. 버스에서 내리고 내 짐을 찾아 숙소로 바삐 걸음을 옮겼다. 공항에서 꽤 오래 기다린 탓에 얼른 체크인을 마치고 쉬고 싶었다. 구글 맵을 찾아 캐 리어를 끌고 시내를 빠르게 걸었다. 그리고 곧 지도가 가리키는 호텔 입구에 도착했다.

그런데 뭔가 이상했다. 분명 웅장하고 화려해 보였던 호텔은 곧 무너질 것 같은 모양새를 띠고 있었고, 프런트에는 다소 어두워 보이는 남자(차별을 하는 건 아니지만 상냥한 여자 직원이 있을 거라고 기대했다.)가 나를 맞았다. 리프트는 오래되어 움직일 때마다 덜컹거렸고 우웅- 하는 소리가 났다. 안내받은 방문은 묵직한 나무 문으로 되어 있었고, 열쇠 대신 받은 카드를 구멍에 꽂으면 문을 열 수 있었다. 과하게 넓은 방은 온통 새빨간 카펫으로 덮여 있었고, 방문 앞에 있는 싱글 침대를 지나 들어가면 커다란 침대와 체리 나무로 만들어진 것 같은 고즈넉한 가구가 놓여 있었다. 커다란 화장실에는 비단 커튼이 있는 커다란 욕조와 세면대 등이 휑하게 놓여 있었다. 모든 공간이 지나치게 넓어 스산한 느낌이 들었다. 창은 건물 뒤편으로 나 있어 옆 건물의 환풍기가 돌아가는 소리가 그대로 들렸다. 조금이라도 긴장을 풀고자 침대에 앉았다. 침대 옆에서 호텔을 소개하는 짧은 문구가 적힌 명함 같은 것이 있었는데, '100년 전 왕자와 공주가 묶었던 곳'이라는 설명이 적혀 있었다. 그렇다. 이곳은 100년도 더 전에 만들어진 웅장한 호텔이었다. 그렇게 생각하자 새빨간 카펫과 더불어 오싹한 기분마저 들었다.

마음을 진정시키고 지갑을 꺼내기 위해 캐리어를 열었다. 그런데, 열리지 않았다. 비밀번호를 다시 맞추고 몇 번을 다시 시도했지만 번번이 실패했다. 순간 눈앞이 하얘졌다. 머릿속에는 버스에서 꺼 내 주던 캐리어들이 스쳐 지나갔다. 캐리어가 바뀌었다. 똑같은 캐리어가 있었던 거야. 그도 그럴 게 내가 가져온 캐리어는 여행용 캐리어로 꽤 유명한 브랜드에서 가장 무난한 검은색 캐리어였다. 비슷한 캐리어는 물론 같은 캐리어가 있어도 이상하지 않았다. 그러고는 캐리어를 자세히 훑어보니, 전에 봤을 때 보다 흠집도 훨씬 많고 지저분해 보였다. 이대로 있을 수는 없었다. 나와 캐리어가 바뀐 상대방도 지금쯤 깨닫고 나를 찾고 있을지 몰랐다. 서둘러 버스에서 내린 곳으로 걸음을 옮겼다. 숨 가쁘게 걸으며 버스 회사에 전화를 시도했지만 이미 저녁이었던 터라 상담 서비

스 시간이 아니라는 자동응답기가 들려왔다. 결국 포기하고 상대가 나와 있기를 바라며 버스 정류장으로 향했다.

버스 정류장에 도착해 내린 곳을 찾아 걸었다. 정류장은 각종 루트에 버스가 정차하는 곳으로 입구부터 내가 내렸던 구역까지도 꽤 거리가 있었다. 나는 주위를 두리번거리며 검은 캐리어를 들고 주위를 둘러보고 있을 사람을 찾았다. 하지만 그런 사람은 없었다. 캐리어가 바뀐 걸 눈치채지 못한 걸까? 그럼 언제까지 여기에서 기다려야 하는 거지? 다른 승객의 정보는 알 수 없었고, 버스 회사에 상담도 불가하니 달리 방법이 없었다. 눈앞이 깜깜했다. 내가 가진 거라고는 여권과 카드 한 장뿐이었다.

결국, 나는 지푸라기라도 잡는 심정으로 캐리어를 빌려준 지인에게 전화를 걸었다. 짧은 해외여행을 가는데 작은 캐리어가 없어 지인에게 빌렸다. 이 캐리어 비밀번호가 여자 친구 생일이라고 했지? 생일이 5월 21일인가? 지인은 대답했다. 5월 12일. 왜?

뉴질랜드 여행 6일 차, 이미 몇 번이나 사용한 비밀번호를 왜 착각한 걸까. 지금 생각해 보면 그때 나는 비교적 한적한 낯선 도시와, 허름한 호텔 외관, 지나치게 넓은 빨간 방과 돌아가는 환풍기 소리를 들으며 공황 상태에 빠졌던 게 아닐까 싶다.

자국만큼 보호를 받지 못하는 외국인의 처지에서 어떤 위기에 봉착했을 때 과연 내가 잘 대처할 수 있을까. 해코지를 당해 잘잘못이라도 가리게 되면 아무래도 자국의 편에 서지 않을까? 내가 불합리한, 어쩌면 상상하기 싫은 무서운 일을 마주했을 때, 이곳의 경찰은 나를 진심으로 도와줄까. 여권이라도 잃어버리면 누가 나의 신분을 보장해 줄까.

사실 이 모든 불안한 생각들은 나름의 근거가 있다. 흔하게 접할 수 있는 인종차별 이야기, 외국에서 동양인의 지갑을 찾아 경찰서에 건네주고 몇 달 뒤 다시 찾아가 행방을 물었으나 그런 건 접수 된 적이 없다는 답변을 들었다는 지인의 이야기, 언젠가 흘려들었던 뉴스에서 여행을 떠난 뒤 행방불명된 사람들의 이야기가 알고리즘을 만들어 낸 것이다.

이렇게 형성된 불안감은 생각할수록 점점 살을 붙여 걷잡을 수 없이 내 정서를 지배하고 만다. 어쩌면 허탈하고 황당한 그날의 캐리어 사건은 불안한 내 정서가 스스로 만들어낸 허상이 아닐까.

## 상공에서 보내는 하루

이륙 한 시간 전, 차에서 내려 캐리어를 끌고 걸음을 재촉했다. 도르륵 도르륵. 묵직한 보도블록을 지나 안으로 들어서자, 광활한 광장이 펼쳐진다. 세계에서 다섯 번째로 꼽힌다는 공항이 유독 더 넓게 느껴진다. 전광판을 찾아 창구를 확인한다. CA219. 저 끝에 있는 창구를 향해 다시 걷는다. 북적이는 사람들 틈을 빠르게 지나 여권을 스캔한다. 무인 발권기는 세계의 축복이자 게으름의 뒷배다. 면세점은 생략하고 빠르게 지정된 게이트 앞에 자리를 잡았다. 그제야 마음이 좀 놓인다. 숨을 좀 고르고 주위에 있는 USB 허브를 찾는다. 공항에서 배터리가 빨리 다는 것 같은 건 내 착각일까? 가득 채우고 출발한 배터리는 어느새 반 이상 닳아 버렸다. 부디 USB 포트가 있는 항공기가 걸리길.

묵직한 캐리어를 겨우 욱여넣고 자리에 앉았다. 작은 창틈으로 차가운 공기가 스며든다. 불편한 코트를 벗어 무릎 위에 얹고 벨트를 채웠다. 찰칵. 쇳덩이가 맞물려 날카로운 소리가 난다. 기체가 흔들리고 곧 이륙을 알리는 안내 방송이 흘러나온다. 구구구 하는 소리와 함께 구동을 시작한 항공기는 곧 쇄 하는 소리를 내며 날아오른다. 여행의 시작을 알리는, 가장 설레는 순간이다.

안정적인 기류에 오르자 깜빡이가 꺼지고, 동시에 눈을 뜬 승객들이 분주하게 움직인다. 그렇게 상공에서의 하루가 시작된다.

사실 긴 비행시간을 보내는 사람은 크게 두 부류로 나뉜다. 내리 자는 사람과 내리 깨어 있는 사람. 사람에 따라 다르겠지만, 아무래도 비행이 잦은 사람은 깨어 있게 된다. 특히나 나처럼 비행기에서 편히 잠들지 못하면 아무리 애를 써 잠들어도 한 시간이 채 되지 않아 깨고 만다. 뻐딱한 자세로 불편하게 잠든 몸은 경직되어 뻐근하기 이를 데 없고, 피로가 정말 단 하나도 풀리지 않은 채 켜켜이 쌓여만 간다. 그렇게 세 번 정도 잠들고 깨기를 반복하다 보면 몸이 망가질 것 같은 느낌이 든다. 정말 고문이 따로 없다.

열두 시간이 넘는 시간 동안 갇혀 있다 보면 꽤 많은 일을 할 수 있다. 그중에서도 제일 먼저 하는 일은 '귀찮은 일'이다. 서류작업이 많은 지루한 업무나, 아직 학교에 다닐 적에는 리포트를 쓰기도 했다. 유독 천천히 가는 시간은 지루한 업무나 두꺼운 책을 읽기 딱 좋은 환경이다. 어떤 일이든 세 시간을 넘어가는 법이 없다. 비행기 모드의 위대함이랄까.

사실 비행기가 탈 기회가 적었을 때는 작은 선망 같은 것이 있었다. 비행기 안에서 노트북을 두드리고 있는 사람이나 책을 읽는 사람들을 보면 어딘가 멋있어 보였다. 이제는 평소보다 조금 불편한 일상을 살아 내고 있다는 것을 안다.

그렇게 다섯 시간 정도를 보내고 나면 슬슬 집중력과 인내심이 한계에 도달한다. 그러면 헤드폰을 뒤집어쓰고 미디어를 탐색한다. 항공사를 고를 때 가장 중요한 부분 중 하나다. 어떤 영화를 제공하는가. 보통 각 나라의 영화가 많이 제공된다. 그나마 미국 영화는 어디에나 보급되어 있지만, 외국에서 한국 영화는 정말 드물다. 그나마 있는 것도 업데이트되지 않은 옛날 영화뿐이다. 워낙 영화를 잘 안 보는 편이라 할리우드 영화를 보며 버티지만, 그것도 한계가 있다. 그래서 나는 한국 항공사를 좋아한다. 최근 개봉한 영화가 가득 들어 있다. 여섯 시간도 거뜬하다.

또 하나의 중요한 요소는 밥이다. 특히 반나절이 넘는 비행에서는 보통 3.5끼가 나오기 때문에 정말 중요하다. 이른 아침에 타면 음료수, 조식, 음료수, 중식, 음료수, 석식을 주고 점심이나 저녁 후에 간식이 나온다. 반대로 저녁에 타면 음료수, 석식, 음료수, 간식, 음료수, 아침을 주는데 이때가 제일 곤욕이다. 한밤중이라 잠만 자는데 계속 먹으니 더부룩하고 부대껴 영 불편하다. 맛있다고 다 받아먹다간 돼지가 될 거라는 확신이 드는 순간이다.

밀린 영화를 다 시청하고도 시간이 남으면 스도쿠를 풀거나 테트리스를 한다. 오랜만에 하다 보면 시간도 잘 가고 꽤 재미있다. 누가 만들었는지 참 잘 만들었다. 영원히 유치해지지 않는 직관적이고 단조로운 구조다.

그렇게 배를 채우고 스도쿠를 풀다 보면 지도와 방송이 나오며, 드디어 상공에서 보내는 하루의 끝이 가까워짐을 알린다. 한 자세로 앉아있느라 허리는 부서질 것 같고, 엉덩이는 멍이 든 것처럼 아프다. 푹신하던 의자는 어느새 딱딱한 돌같이 변했다.

　　겨우 기지개를 켜고 자리에서 일어나 짐을 내린다. 관절 군데군데가 오랫동안 사용하지 않은 것처럼 뻐근하고 부자연스럽다. 과연 누워서 자는 데에는 이유가 있다는 걸 체험하는 순간이다.

　　하루 동안 신세 진 승무원들에게 고마움을 표하고 통로를 지난다. 서늘한 공기에 불그스름한 아침 해가 밝아오고 있었다.

## 모험과 도망은 한 끗 차이

얼마 전 기쁜 소식을 들었다.

고등학교 때부터 알고 지내던 개인적으로 무척 좋아하지만, 연락은 자주 못 하게 되는 친구가 있다. 미안한 것도 많고 고마운 일도 많아, 문득 생각이 날 때면, 짧게나마 그녀의 안녕을 기도했다. 그러다 일 년 전, 유학을 떠나 연락을 못 하고 살던 내게 청첩장이 날라왔고, 얼마 전에는 건강한 아이와 함께 세 가족이 되었다는 소식을 알려 왔다. 놀라기도 하고 기쁘기도 한 이상한 감정, 그와 함께 어찌해야 할지 모를 동동거림이 있었다. 내 친구가 벌써 가족을 이루다니!

사람은 비슷한 성향끼리 만난다고 했던가. 애인하나 없는 나도 그렇지만, 오래 만난 연인이 있는 주변 친구들도 결혼 생각이 없었다. 어릴 때는 어른같이 느껴졌던 이십 대 후반이라는 나이가 우리에게는 그저 숫자에 불과해 보였다. 아직 혼자 하고 싶은 것도, 해야 하는 것도 너무 많았다.

그런 우리에게 그 친구의 결혼과 연이은 출산 소식은 작은 충격이었다. 그래, 이런 소식이 이상하지 않을 나이지. 그렇다는 걸 우리는 그때 처음 피부로 느꼈다.

외국에 있는 내게 메신저로 청첩장을 보내온 친구에게 나는 연신 감탄하며 말했다. 벌써 가족을 이루다니! 정말 대단하다. 믿겨지지 않아! 우리는 그간의 삶을 간략하게나마 주고받으며, 이제는 많이 달라진 서로의 삶을 신기하게 바라보았다. 분명 몇 년 전까지 그리 다르지 않은 삶을 살고 있던 우리는 어느새 이렇게나 많이 달라져 있었다.

내게 있어 그녀가 말하는 순탄한 삶은 가히 굉장한 일이었다. 진학한 대학을 무사히 졸업하고 바로 직장을 잡아 몇 년 동안 성실히 근무하던 그녀는 오래 만나던 남자친구와 오래도록 함께할 것을 약속하고 가족을 이루었다. 그리고 얼마 전, 아이까지 낳아 우리가 어린 시절 생각하던 이상적인 가족의 형태를 이룬 것이다. 너무나 순탄하고 안정되어 보이는 이 삶을 간단하게 요약하는 그녀가 내게는 몹시 대단해 보였다. 그녀가 이루어 낸 그 순탄한 삶 중 그 어떤 것도 쉽지 않다는 것을 너무 잘 알고 있다.

나는 그녀와 똑같이 고등학교를 마치고 대학에 진학했지만 금세 싫증을 내고 말았다. 당시에는 학과, 환경, 수업 방식 같은 여러 핑계를 댔지만 지금 생각해 보면 그저 싫증이 났었다. 줄줄이 갖다 붙인 핑계들이 거짓은 아니었지만, 지금 생각하면 학교를 그만둘 만한 이유는 아니었다.

그리고는 도피하듯 유학길에 올랐다. 모두가 반대하는 것을 고집에 고집을 써 오른 만큼 갖은 고생을 해야 했다. 뱉어 놓은 말이 있어, 그리고 다른 대안이 없어 이를 악물고 하다 보니 어느덧 졸업이었다. 그곳에 삶이 익숙해진 나는 첫 직장을 잡아 그대로 정착했다. 그러다 우연인지 필연인지 귀국을 고민하던 차에 코로나 바이러스가 전 세계를 덮쳤고, 봉쇄된 도시의 감옥에서 탈출하듯 그곳을 떠났다.

생각해 보면 내 삶은 도피의 연속, 싫은 걸 피해 도망쳐 온 삶이다.

하지만 그녀가 보는 시선은 조금 달랐다. 그녀는 다들 그만두고 싶어도 그만두지 못한다고 말하며, '그만둘 수 있었던 네가 대단한 거야. 나는 우리 중에 네 삶이 제일 궁금해'라고 했다.

그녀가 보는 내 삶은 도전하는 삶이었다. 원하는 삶을 찾아 도전하고 부딪히고, 그렇게 유학을 떠나 긴 타지 생활을 하는 내가 그녀에게는 용감하게 비치는 듯했다.

처음 이런 반응을 접했을 때 나는 손사래를 쳤다. 아니야. 한국에서 자리 잡고 사는 너희가 더 대단하지! 진심이었다. 내가 끝까지 해내지 못한 일을 하는 이들이, 의무교육 십이 년 끝에 또 다른 사오 년을 더 공부하는 수많은 졸업생이 존경스럽다고 진심으로 그렇게 생각한다.

어릴 때의 나는 무조건 높은 산을 올라야 한다고 생각했다. 높게 솟은 산을 보고 지레 겁먹는 사람들을 두고 정상에 오르면 뭔가 대단한 일을 한 것 같은 성취감을 가질 수 있을 거라 믿었다.

하지만 오르다 보니 높은 경사에 숨이 차고 다리가 아파, 결국 그 산을 내버려 두고 낮은 길을 찾아 걸었다. 발에 무리가 가지 않을 정도의 완만한 곡선을 가진 길은 쉬이 지치지 않고 오를 수 있었다. 그렇게 산을 오르다 주위를 둘러보니, 어느덧 저 멀리 내가 포기한 산들이 듬성듬성 모습을 드러냈다. 나는 그 산 정상에 있는 친구들을 보며 가파른 산을 오른 그들에게 연신 감탄했지만, 그들은 같은 표정으로 나를 보고 있었다.

그들에게 내 산까지 오르는 길은 너무 험난했다. 길이 제대로 나 있지 않아 울퉁불퉁 위험해 보였고, 길잡이도 울타리도 없는 산은, 자칫 잘못하면 발을 헛디뎌 떨어질 것만 같았다.

그들은 오르지 못한 산을 보며, 내게 이곳에서 보이는 경치를 물었다.

어느 한 길목에서 만나 함께 걸었던 우리는 어느새 서로 다른 봉우리를 향해 나아가고 있었다. 그리고 이제 그 봉우리는 삶이라는 이름을 가지고, 그 누구도 오를 수 없는 그 사람만의 정상이 된다. 그렇기에, 우리는 앞으로도 서로를 바라보며 대단하다 할 것이다. 내가 피해 온 길을 걸어 한 번쯤 오르고 싶었던 그곳에 올라 있는 그들을 보며 감탄할 것이다. 그곳에서 보이는 풍경을 전해 들으며 신기할 것이고, 그들이 만난 등산객들의 이야기를 들으며 놀랄지도 모른다.

그 이야기가 기다려진다.

## Epilogue. 자기소개

어릴 때는 이 시간이 참 싫었다. 자기소개라니! 얼마나 낯간 지러운 말인가. 시간이 지나 많은 사람들과 엮이며 수 없이 많은 자기소개를 하고, 이제는 눈 하나 까딱 안 하고도 술술 자기소개를 할 수 있는 경지에 이르렀다. 사람이란 적응의 동물이라 하지 않았던가.

내 소개는 늘 이렇게 시작된다. 짧은 인사말을 전한 뒤, 이름을 말하고는 그리 길지 않은 나의 이력을 간단하게 소개한다. 저는 호주에서 회계학을 전공했고요. 대학을 졸업한 후에는 CPA firm 에서 약 1년간 근무했습니다. 평화로운 삶을 즐기다 문득 이게 내가 그리던 삶이 맞나? 하는 생각에 모든 걸 접고 세계 여행을 계획했어요. 그리고 회사를 퇴사하기 한달 전, 코로나가 전 세계에 퍼졌고, 결국 세계 여행을 취소하고 일찍 귀국하게 되었습니다. 지금은 한국에서 블로그, 브런치 같은 글쓰기를 취미로 하고, 적당한 기업에서 해외 영업 팀의 자금 관리 업무를 맡고 있습니다. 몇 개월 뒤에는 일본에서 현지 승무원으로 근무할 예정도 있습니다만, 미래에 제가 어느 나라에서 무얼 하고 있을지는 저도 모르겠습니다.

그러면 사람들은 흥미로운 표정으로 나를 쳐다 본다. 자소서를 쓸 때는 나의 구구절절한 사연을 추가하기도 하는데, 이런 식의 표현이 첨가된다. 모두의 반대를 무릎 쓰고 땡전 한 푼 없이 외딴섬으로 건너가 유학 생활을 시작했습니다. 영어 한마디 제대로 알아듣지 못했지만 당장 거리에 나앉지 않으려면 일을 해야 했어요. 그렇게 시작한 유학 생활 동안 저는 다섯 개가 넘는 직업을 가지고 일했고, 졸업 후에는 회계사가 되어 오천 불에 달하는 연봉을 받으며 생활했습니다.

그리고 사실을 말하자면, 처음부터 어떤 큰 포부와 목적을 가지고 도전을 했던 건 아니었다. 다만 내가 했던 남들과는 조금 다른 선택과 경험들이 나를 둘러싼 드라마를 만들었고, 어떤 이에게는 희망과 재미를 줄 수 있다는 걸 알았다. 그건, 꽤 의미 있는 일이라 생각한다. 주변에 눈치를 보며 발 만 동동 구르고 있는 이들에게 그저 한걸음 떼어 볼 용기를 전하고 싶다.

김
예
진

**김예진**

노력하지만 적당한 타이밍에 스스로와 타협할 줄 알고 흘러가는 대로 살면서도 좋아하는 것을 잘 찾아내는 사람. 목표는 시공의 제약에 스스로를 가두지 않고 가볍게 사는 것.

# 코로나 시대의 가족

엄마한테 장문의 문자가 왔다.

"딸, 놀라지 말고 들어라. 할머니가 갑자기 길에서 쓰러져서 급히 응급실에 입원을 했거든. 경상대병원까지는 너무 멀고 그나마 가까운 삼성병원에 계셔. 의사는 장폐색으로 인한 쇼크라고 하네. 일단 경과를 조금 지켜보기로 했어."

"엄마, 장폐색은 너무 심각한 병은 아니니까 너무 걱정 말고, 경과를 잘 지켜봐요. 내일 당장 제가 할머니 뵈러 갈까요?"

"딸, 오지 마라. 코로나 때문에 면회를 제한한대. 보호자로 등록된 사람 중에 1명씩만 환자 만나러 들어갈 수 있어. 열 체크도 출입할 때마다 해야 하고. 할머니는 코로나 검사도 두 번이나 했다. 간호사 수도 모자란 가봐. 빈 병실도 많은데 6인실에 사람을 꽉꽉 채워 놓네."

"엄마, 그러면 일단 내 이름도 보호자 명단에 등록해 주세요. 할머니 코로나 검사 무서웠겠네. 코랑 목이랑 두 번이나 긴 면

봉 같은 걸로 쑤신다는데. 6인실 말고 2인실도 알아보면 좋을 것 같아요."

"딸, 네 말한 대로 일단 네 이름도 보호자 리스트에 등록은 해 뒀는데, 그래도 오지 마라. 할머니는 면회도 제한적인데 2인실에 가면 너무 외로울 것 같다고, 6인실에서 다른 환자분들 이야기 듣고 말씀 나누고 싶다고 하시네."

"엄마, 그럼 주말에 갈게요. 그때까지만 힘내세요. 코로나 조심하시고요."

"딸, 오지 마라. 물어보니까 지역 간 이동한 사람은 코로나 검사증 제출해야 병원 출입이 가능하다네. 그런데 이런 자발적 검사는 검사료가 꽤 비싸더라. 9만 원이었나. 코로나 검사까지 받으면 너무 번거롭지 않겠니? 그냥 오지 마라."

코로나 시대에 가족을 만나기 위해서는 여러 준비가 필요했고, 절차를 지키는 시간이 소요되었고, 무엇보다 나부터 건강해야 했다.

## 코골이 왕따 사건

6인실 병실의 문을 열자 사람 11명이 꽉 차 있다. '저 애는 누구일까?' 궁금증이 서린 눈빛이 나를 스캔한다. 곧장 할머니 침대로 달려가 인사를 하고 간이침대에 짐을 풀었다.

"할머니, 많이 아프시죠? 할머니 보고 싶어서 왔어요."

"아이고, 뭐 하러 멀리서 여기까지 왔니. 병원 출입도 어렵다는데…."

안색이 안 좋은 할머니의 기분마저도 가라앉아 있는 것이 의아했다. 많이 아프신가 걱정이 되어 간호사를 불러올까 고민하던 때, 내 시야를 스쳐 가는 한 명의 여자가 있었다.

"그쪽은 누구…? 며느리인가?"

"아 안녕하세요? 저는 손녀딸이에요."

"손녀구나. 그럼 어젯밤에 병실에서 자고 나간 사람은 엄마겠네."

그리고 그 뒤를 이어 내 시야에 들어온 다른 여자들의 혼잣말 같은 한 마디가 더해지자, 상황이 파악되었다.

"아휴 젊은 사람이 도대체 낮에 뭘 하길래 밤에 그렇게 코골이가 심해? 환자들이 잠을 한숨도 못 잤잖아."

"그러니까. 진짜 심하더라."

그 3명의 여자는 하루 종일 할머니와 내 앞을 오며 가며 눈치를 주다가 급기야 모여서 대책 회의를 하기 시작했고, 결론은 쫓아내야 한다는 것이었다. 간호사한테 신고해서 복도에서 자라고 하겠다고 했다. 그렇게 엄마는 그들의 심판대에 올려졌고, 나머지 사람들은 방관하며 구경했다. 듣다 못해 병동 복도를 산책하던 할머니와 내가 병실로 돌아왔을 때는 지루해진 그들이 코를 골며 잠든 오후 4시였다.

## 물리면 더 세게 물기

긴급한 발걸음으로 달려온 간호사가 진현미 환자 보호자를 찾았다. 얼굴을 보니 할머니와 엄마를 왕따 시키던 3인 중 1인이었고, 그의 딸이 수술실로 이송되는 것이었다. 현미 엄마는 엉엉 울기 시작했고, 병실 분위기가 굉장히 침울해졌다. 현미 환자의 수술이 잘 되길 바라는 마음이 없었던 것은 아니지만 난 솔직히 통쾌했다. '권선징악'이 이런 건가 하는 생각이 들 정도로.

현미네가 급히 퇴실하자마자 남은 2명의 여자가 내게 다가오더니 말했다.

"학생, 오늘 밤에는 엄마 오지 말라 해라. 코골이가 너무 심해서 여기 환자들이 잠을 못 자는 거 들어서 이제 알잖아."

간접적인 집단 따돌림까지는 모른 척 넘어가 보려 했지만, 직접 '오지 마라'고 명령하는 것은 굉장히 충격적이었다. 병실이 쩌렁쩌렁 울리도록 내가 소리를 질렀다.

"네? 말씀이 너무 심하시네요! 다 비슷한 처지에 왜 괴롭히는 거예요?"

그날 저녁, 엄마는 병실 모든 사람에게 요구르트를 한 병씩 돌리며, 코골이가 수면을 방해해서 죄송하다고 사과했다. 간병인을 찾아보겠다는 말과 함께. 이때까지 방관했던 어떤 환자의 보호자가 조금 큰 소리로 혼잣말했다. '난 잠만 잘 잤는데, 이게 무슨 소란이람.' 그제서야 여자 둘은 머쓱해 하며 엄마에게 말했다.

"우리는 괜찮아요! 이게 다 현미 엄마가 주도한 거예요. 오늘부터 편하게 자고 가요."

## 사람의 이중성


할머니의 소장 절제 수술이 성공적으로 끝나 병실로 돌아왔을 때, 수술 전 할머니와 엄마를 집단 따돌림 시켰던 주범 중 한 명이 여전히 남아 있었다. 의식불명 환자를 돌보는 간병인 아주머니 김봉희 씨다.

김봉희 아주머니의 환자 집안사람들은 코로나로 인해 1명씩만 방문할 수 있는 것이 다행으로 보였다. 연을 끊은 큰아들과 작은딸은 누워 있는 본인의 엄마 앞에서 그 자리에 있지도 않은 서로를 욕하거나, 또는 간병인 아주머니에게 잔소리를 해댔다.

"간병인 아주머니 탓이라는 건 아니지만요, 근데 왜 자꾸 엄마 몸에 상처가 생겨요? 엄마 혼자 두고 어디 다니시는 거예요?"

"간병인 아주머니가 잘 못 한다는 건 아닌데요, 그래도 어머니를 깨우려고 노력을 해 주셔야 어머니 정신이 돌아오실 거 아니에요."

가끔 오전에 잠깐 들르는 며느리는 인사 끝나기가 무섭게 영상 통화를 걸기 바쁘다.

"아가씨~ 지금 어머니 계시는 병원 왔는데요, 어머니께 목소리 들려주세요! 아가씨 목소리를 자주 들으면 눈을 빨리 뜨실지도 모르잖아요."

한바탕 사람들이 순차적으로 왔다 가고 나면 김봉희 아주머니는 서럽게 눈물을 흘리며 이 가족들과 함께 한 지 벌써 5년째라고 하소연했다. 그 후 무슨 일이 있었냐는 듯, 다른 환자의 보호자들과 열심히 수다 떨기에 바빴다.

엄마는 김봉희 아주머니의 지인을 고용하여 우리 할머니의 간병을 부탁하기로 결정했다. 그래도 안면 있는 사람의 지인이라 '생판 남보다는 낫다'던 엄마의 주장이 무색하게도, 간병인은 할머니를 돌보기는커녕 김봉희 아주머니와 함께 수다 떨며 시간 보내기에 정신이 없었다. 1주일 후 할머니는 간병인을 집으로 돌려보냈다. 김봉희 아주머니가 5년 동안 맡고 있는 환자 할머니도 의사 결정이 가능했다면, 김봉희 아주머니를 진즉에 집으로 돌려보냈을까?

## 이 세상 엄마의 마음

큰 수술을 끝내고 현미네가 돌아왔다. 회복이 더딘 현미는 물만 먹어도 토하곤 했다. 안쓰러워하던 우리 엄마는 요구르트를 현미에게 건넸고, 현미가 토하지 않고 잘 마셔냈다. 엄마는 현미가 기특해서 요구르트를 1주일 치 사다 주었고, 현미는 엄마와 친하게 지내게 되었다. 이를 지켜보던 현미 엄마는 과거는 잊고 '선생님'이라고 호칭하며 우리 엄마를 잘 따랐고, 우리 할머니의 말동무가 되어 주며 본인의 인생 이야기까지 터놓게 되었다.

현미 엄마인 박진미 씨의 가족 중에는 지적 장애인이 2명 있는데 모두 본인이 돌본 지 꽤 오랜 세월이 흐르고 있었다. 박진미 씨의 남편은 박진미 씨를 심적으로, 체력적으로 모두 도와주지 않는 상황이었다.

현미는 태어나자마자 지적 장애 판정을 받았고, 다리도 건강하지 않아서 20년 동안 누워서 지냈다고 한다. 올해 나이가 40세인데, 다른 질병을 많이 달고 병원 생활을 오래 하고 있었다. 현미의 삼촌, 즉 박진미 씨의 시동생도 어렸을 때 지적 장애 판정을 받았는데, 돈이나 물건을 훔치고 사람들과 싸우는 행위로 분노를 표출하는 사람이었다.

"저희 집이 경제적으로도 여유가 없어요. 현미랑 시동생 둘 다 식탐이 많고 그게 조절이 안 되는데, 한두 해도 아니고 평생이잖아요. 도저히 감당이 안 돼요. 현미는 몰래 삼겹살 먹이고 시동생은 대패 먹여요. 이렇게 죄짓고 사는데 죽으면 지옥 가겠다 싶지만, 현미 살리려면 어쩔 수 없어요."

## 조그만 사회

할머니 수술 후 경과가 호전되어 퇴원을 하던 날, 엄마에게 장문의 문자가 왔다.

"딸, 퇴원 잘 했다. 같은 병실 썼던 사람들이랑 정들었거든. 특히나 계속 봤던 김봉희 간병인 아주머니랑 현미네. 인사하면서 알아 둬서 나쁠 것 없으니까 김봉희 씨 간병인 사무실 연락처 물어봤거든. 다음에 필요하면 연락 드리겠다고 했더니, 김봉희 씨가 사무실 말고 본인 핸드폰으로 연락하라고 하더라고. 그래서 감사하다고 했지. 근데 현미 엄마가 배웅해 준다면서 따라 나와서는 뭐라고 했는지 아니? 김봉희 씨를 몇 달째 옆에서 지켜봤는데, 간병일 제대로 안 하니까 간병인 필요해도 연락하지 마래. 현미 엄마랑 김봉희 씨랑 그 병실에서 제일 친하게 지냈는데."

대한민국 중소 도시의 그 6인실 병실은 이 코로나 시대의 작은 사회였다. 결국은 배신으로 마무리되는 세력 싸움에 다치기도 하지만, 구구절절한 가정사와 가족애로 울고 웃는 그런 사람들이 각자의 삶을 살아내는 현장이었다.

## 음식 속 기억

가끔 먹는 음식에는 추억이 쉽게 박힌다. 추억이 떠올라 어떤 음식을 찾게 되기도 하고, 어떤 음식을 먹으면서 옛 추억이 살며시 떠오르기도 한다. 하지만, 너무 자주 먹는 음식은 너무 많은 추억이 얽혀 오히려 음식에 집중하게 된다. 순수하게 음식이 좋아지는 것이다. 나는 마라샹궈를 먹으면 마음이 참 편안해진다.

마라샹궈는 중국에서 지낼 때부터 참 많이 먹었던 음식이다. 특별한 날에 먹는 특식이라기보다는 푸근한 집밥 같은 음식이다. 그때그때 먹고 싶은 재료를 고르는데 사실은 이미 먹어 본 맛. 무슨 맛인지 아는 소스.

마라샹궈를 정확하게 발음하지 못하는 나와 그런 나를 재밌어하던 너. 그리고 우리 사이에 놓여 있던 큰 양푼 속의 마라샹궈. 그때그때 시답잖은 이야기를 나누며 같이 웃던 그 시간들. 모든 날 똑같이 포근했던 너. 기억 속에서도 너는 여전히 포근하고, 너를 생각하면 마음이 편안하다.

## 마음의 거리

오래전에 만났어도 어제 헤어진 듯 마음이 가까운 사람이 있다. 너는 나에게 아직도 그런 존재이다. 변명이 아니라, 자주 연락하지 않아도 서운하지 않아서 오히려 더 연락을 안 하게 된다.

어수선한 생각 속 단순한 마음을 있는 그대로 받아들여 주는 사람이 있다. 너는 나에게 여전히 그런 존재이다. 대충 말해도 잘 알아들으니까 더 대충 말하게 된다.

앞으로 더 잘 될 것을 믿어 의심치 않고 진심으로 상대를 응원하게 되는 사람이 있다. 너는 나에게 계속 그런 존재이다. 많이 힘들었다는 날에도 위로하고 공감하지만 딱히 큰 걱정은 하지 않는다.

## 오해가 준 기회

내 기억은 내가 기억하고 싶은 대로, 너의 기억은 너가 기억하고 싶은 대로 왜곡되어 기억된다. 많이 좋아했을수록, 잃고 싶지 않은 마음이 크고 소중했을수록, 그 아픔을 잊어 내기 위해 노력하다 보면 두 사람의 기억에는 간극이 생기고 그것이 풀 수 없는 너와 나의 오해로 남는다. 그 오해를 풀 수 있는 기회가 왔다면, 그건 참 끈질긴 인연임이 틀림없다.

## 멀지만 가까운 사이

서로가 어디에 있든, 어떤 상황에 처해 있든, 얼마나 큰 시차가 나든, 마음만은 연결되어 있는 네가 있어 나는 매일매일이 참 든든해. 북경 난뤄구샹 게스트하우스 로비에서 처음으로 나누었던 우리의 이야기, 학교 내외 카페에서 나누었던 많은 이야기들, 기숙사 세탁실에서 3시간 넘게 서서 너의 벨기에 고난기를 듣던 밤, 미시간 호수에서 전화기 너머로 많이 울었던 어느 봄날 오후, 창밖으로 지는 노을을 보며 너의 이야기를 듣던 여름날. 그리고 너의 목소리와 뒤로 들리는 버스 뒷문 열고 닫히는 소리로 가득 차는 퇴근길.

너무 다른 성격의 두 사람이지만 그 차이조차 무색하게 만드는 건 우리가 함께해 온 시간의 길이와 깊이 덕분이겠지. 서로의 흑역사와 치부와 연애사까지 그 히스토리와 레거시를 알고 있기에 구질구질한 부연 설명이 필요 없고, 각자의 자리에서 서로가 얼마나 치열하게 노력하며 살아내고 있는지를 알기에, 그냥 서로의 일상을 공유하는 것만으로도 큰 위로가 돼. 고마워.

## 사람과 색깔

2021년의 나는 여러 사람에게 이런 이야기를 들었다. 넌 초록이 어울리는 사람이야. 풀 내음 날 것 같은 초록, 런던 외곽의 집 대문 색 같은 초록, 빈티지스럽게 티 받침 도자기로 구워진 초록. 재밌지만 애석하게도 나는 초록색 옷이 하나도 없는데 말이다.

볼 때마다 자꾸 분홍이 떠오르는 사람이 있다. 마냥 밝기만 한 분홍이 아닌 시크한 분홍, 검은 물감이 한 방울 정도 섞인 분홍, 그 옆에 어떤 색깔이 있어도 조화롭게 어울릴 것 같은 분홍, 그렇지만 차갑진 않은 따뜻한 분홍.

사람의 향기, 분위기, 스타일, 말투, 라이프 스타일 등이 모여 그 사람의 색깔을 만드나 보다. 살아가면서 떠오르는 색깔이 바뀌기도 하겠다. 우리의 20대 후반의 색깔 정도로 기억해 주면 좋겠다.

# 0분 0초

살다 보면 가끔은 비장한 마음으로 죽도록 치열해야만 하는 순간들이 있다. 그 순간들을 함께한 사람들은 기억에 오래 남는다.

대학생 때는 수강 신청이 없는 학교에 다니거나, 학과 특성상 커리큘럼이 딱 정해져 있어서 선택권이 딱히 없는 친구들이 부러웠다. 수강 신청은 3가지 때문에 중요하고 또 두렵다. 재밌는 주제의 강의를 듣고 싶기 때문에, 학점을 잘 주는 교수님의 강의를 들어야 하기 때문에, 그리고 친한 친구와 함께 강의를 들어야 하기 때문에. 대학교 4년 내내 이 치열한 순간을 함께 한 동기가 한 명 있다. 그 시절, 0분 0초를 함께한 사람이 있어 나는 참 운이 좋았다.

대학교를 졸업하고도 나는 매년 2번씩 수강 신청을 하고 있다. '대국민 수강 신청'이라 불리는 명절 KTX 표 예매 때문인데, 매번 본가와 주거지가 가까운 친구들이 부럽다. KTX 표 예매에 실패하면, 짧은 명절이 길게 느껴지는 기적이 일어난다. 갑자기 외롭고, 갑자기 이 동네가 낯설어지고, 갑자기 돈이 없게 느껴지는 것이다. 이 '대국민 수강 신청'을 함께 하는 친구도 한 명 있다. 또 한 번 느끼지만, 아직도 0분 0초를 함께할 수 있는 사람이 있어 나는 참 운이 좋다.

## 너의 생각보다 더 소중한 너

한창 아름답고 애틋한 20대를 살아가는 소중한 너에게 해 주고 싶은 말. 물론 그냥 한 귀로 듣고 한 귀로 흘려 버려도 괜찮다. 방황하는 너의 곁에 내가 있다는 거, 너가 이것 하나만 기억해 줘도 지금은 괜찮을 것 같아서.

조금은 더 자유롭기를. 대학생이 좋은 건 자유롭게 쓸 수 있는 시간이 많다는 것 아니겠니? 그 시간을 즐기며 조금 더 자유롭기를 바라. 다양한 꿈을 꿔 보고, 다양한 체험을 해 보고, 다양한 사람들을 만나면서 이 세상에 정해진 틀은 없고, 직업에는 귀천이 없으며, 어떤 방식으로든 스스로를 책임지고 주변 사람들에게 베풀 수 있는 마음의 여유를 갖는 법을 배웠으면 해.

조금은 더 용서하기를. 지나간 시간들과 그 시절의 어리석은 너의 모습을 넓은 마음으로 이해하고 놓아주렴. 그걸 붙들고 있기 때문에 너의 상처가 되는 것이고, 너를 사랑하기 어려운 것일 텐데. 과거에 매여 있는 너의 일부를 볼 때마다 마음이 아프다. 그 끈을 잘라 주어야 하나 고민도 했지만, 그 끈은 결국 너 스스로 자르고 아파하고 피 흘려야 하는 것이기에. 오로지 너의 몫임을 너가 알 때까지 나는 가만히 곁에만 있을게.

　　조금은 더 멀리 보기를. 대학교 이름이나 전공이 너의 미래를 결정 짓지 않아. 물론 너가 속한 집단에서 만나는 사람들을 통해 너의 안전망, 사회성, 친구들이 결정되거나 영향을 다소 받을 테니 중요하긴 하지만, 나이가 들고 시간이 흐를수록 한자리에 있는 사람은 없다는 것을 알았으면 해. 지금의 친구가 미래의 적이 될 수 있고, 지금 너가 생각지도 못했던 곳에서 너는 새로운 삶을 시작할 수도 있으니까. 유동적인 인생의 흐름에 꺾여 버리지 않도록 말랑하고 유연한 힘을 기르기를 바라.

## 어른아이

　'이번 생은 처음이라'라는 드라마를 아시나요? 제목의 울림이 큰 이유는 우리 모두의 세세한 이유는 다를지어도 첫 시도의 서툼에 대해 공감하기 때문일 것입니다. 옛날엔 당신에 대한 이해보다는 서운함이 컸던 것 같기도 합니다. 그런데 이제는 당신을 조금씩 이해하고 있습니다. 그리고 더 이해하기 위해 노력하게 되었습니다.

　부모가 처음이라, 자식이 처음이라 서로 부딪혔지만 우리는 잘 하고 있고, 앞으로도 잘 헤쳐 나갈 겁니다. 당신이 부모가 되었던 그 나이에 닿게 되며, 서른이라는 나이의 무게를 지탱하는 저의 모습은 아직도 철 없고 나약해서 당신의 사랑과 보살핌이 필요한 어린아이 같습니다.

## 10년 후의 당신에게

미래에 내게 올 소중한 너에게, 10년 전에 쓰는 편지.

당신을 사랑하는 것은 너무나도 당연한 사실이지만 너무나도 당연해서 어쩌면 소홀해졌다 생각될 수도 있겠습니다. 하지만 저는 당신이 그런 생각이 들지 않도록 부단히 노력할 것입니다. 변하지 않는 사랑, 항상 든든한 존재, 힘들 때마다 어리광 피우러 기댈 수 있는 기둥이자 안전한 지붕으로서, 저의 결핍과 아픔을 당신은 덜 느끼도록 당신과 한 팀이 되겠습니다. 그 무엇도 부술 수 없는 견고하고 끈끈한 정으로 묶인 가족이라는 집단 속에서 온전히 편히 쉴 수 있도록, 그러나 이 집단 밖에서는 강하고 깡 있고 멋진 어른으로 성장할 수 있도록. 저도 부모는 처음이지만, 열심히 해 보겠습니다. 잘 부탁드립니다.

## 30대에게

10대 입시 시절, 참 많이 들었던 노래가 있다. '거꾸로 강을 거슬러 오르는 저 힘찬 연어들처럼.' 제목, 가사, 가수의 목소리 모두 다 좋고 힘이 나서 들을 때마다 눈물이 났다. 그때 원했던 대학교, 꿈꿔 왔던 전공으로 입학하지는 못했지만, 가사 그대로 '돌아서 갈 수밖에 없는 꼬부라진 길 일지라도' 20대 내내 내가 원하는 방향을 찾아 그것을 향해 노력하면서 '딱딱해지는 발바닥 걸어 걸어' 왔다. 아직은 미생이라 '저 넓은 꽃밭에 누워서' 쉬고 있진 않지만 이때까지 한 것처럼 조금 더 가다 보면 행복하게 쉬고 있을 내 미래의 모습을 그려 본다. 30대도 힘내자.

## 초대합니다

내 집은 작지만, 내가 좋아하는 것으로 가득 차 있습니다. 문을 열고 들어오면 퇴근길에 한 송이씩 사서 고이 말린 드라이플라워가 현관에 있고, 좋아하는 간식을 쟁여 둔 선반이 있습니다. 그 옆으로 건식 화장실이 있고 욕실에는 내가 습관처럼 써 와 검증된 효과를 자랑하는 욕실 제품들과 내 피로를 풀어주는 향기로운 제품들이 진열되어 있습니다. 조금 더 안쪽으로 걸어 들어오면 다근자 주방이 있고, 즐겨 마시는 커피콩과 차가 보입니다. 커피는 고소한 맛을, 차는 흙 내음이 나는 루이보스를 즐깁니다. 즐겨 읽는 책들과 잡지들이 쌓여 있고, 즐겨 바르는 향수들도 나열되어 있습니다. 방 한가운데로 들어오면 벽걸이 텔레비전과 접이식 홈 트레이닝 자전거가 있습니다. 허리 디스크 때문에 고생하는 나를 매일 밤 살려내는 기특한 기계입니다. 헬스장 비용 대비 이미 본전을 뽑아서 매우 만족스럽습니다. 방 한구석에는 이젤이 있습니다. 이젤은 스무 살 때부터 갖고 싶었던 소품으로, 마음이 답답한 날 그림을 그리기에 좋습니다. 그리고 다른 한쪽에는 소파와 침대가 있는데, 나의 지친 몸과 마음을 달래 주는 소중한 공간입니다.

내가 좋아하는 당신까지 나의 집에 온다면, 더할 나위 없이 완벽하게 행복할 것 같습니다. 당신을 이곳으로 초대합니다.

## 잘자요

잘 자는 게 복인 세상이다. 스트레스 때문에 잠 못 드는 밤이 늘고 있다. 같은 침대에 누워 있는 강아지 인형처럼, 머릿속이 솜뭉치로 가득 차 있다면 조금은 편하지 않을까. 아무 생각도 하지 않고 가만히 쉬기만 할 수 있는 시간이 필요하다.

ASMR을 들어보기 시작했다. 오히려 정신이 더 또렷해진 날도 있었고, 어딘가에 홀린 듯 소리는 점점 희미해지는데 자꾸 다른 생각이 떠올라 몸만 물속에 잠겨 있는 느낌이 드는 날도 있었다. 이런 시행착오 끝에 발견한 건 비누를 긁어내는 소리였는데, 이 소리만 들으면 스트레스가 많은 날도 빨리 잠에 들 수 있게 되었다. 드디어 내 귀와 뇌가 듣기 편해 하는 소리를 찾은 것이다.

오늘보다 더 힘든 내일을 견뎌내야 하는 우리를 위해, 오늘 밤 모두 잘 잘 수 있기를. 편안한 잠자리를 만들고, 귀와 내가 좋아하는 소리를 들으며 아무런 꿈을 꾸지 않고, 뇌 정지 상태처럼 푹 잘 자기를. 편안하기를.

## 알아서 할게요

기분 좋게 한잔 하러 간 자리의 시작에서 이런 질문을 하는 사람이 있다.

"주량이 어떻게 되세요?"

여기서 현명하게 대답하려면, 주량의 맥락적 정의에 대해 이해하는 것이 중요하다. 이 사람이 묻는 '주량'은 당신의 '찐' 주량, 즉 필름 끊기기 직전까지가 아니라, '얼마까지 마셔도 이 자리를 즐긴 이후 멀쩡하게 너의 두 발로 집에 들어갈 수 있느냐' 하는 것에 대한 사전 확인이다. 스스로가 케어 가능한 범위를 확인차 묻는 것이며, 동시에 대답하는 당신에게도 이 술자리에서 넘지 말아야 할 양에 생각해 볼 기회를 주는 것이다.

하지만, 이런 질문이 꼰대 같이 느껴지거나 그냥 즐기고 싶은 날이라면, 나는 이렇게 대답하겠다.

"그때그때 다른데, 제가 알아서 할게요~"

## 선택하고 책임지겠습니다

인생은 선택과 책임의 연속이다. 지금 나를 불행하게 하는 요소를 버리는 것 자체는 어렵지가 않다. 다만, 그 후 다시 새로운 것을 택할 텐데 이 새로운 것이 어쩌면 나를 더 불행하게 하는 요소를 가지고 있을지도 모른다는 그 불투명성이 선택을 어렵게 하는 것이다. 특히, 나를 불행하게 하는 요소가 특정 사람인 경우라면 더더욱이나 조심스러울 수밖에 없다.

예를 들어, 지금 연애하고 있는 사람의 A라는 점이 나에게 상처를 준다고 가정해 보자. 참 고통스러울 것 같다. 그런데 불행 중 다행인 것은 A는 이미 내가 알고 있는 요소이기 때문에 어느 정도 예측은 가능하다는 것이다. 그런데 이 사람과 헤어지고 새로운 사람을 만났는데 A보다 더 나를 고통스럽게 할 가능성이 있는 B 또는 C라는 요소를 가진 사람이라면? 게다가 지금 당장 나는 B와 C가 무엇인지도 모르는 상황이라면?

또 다른 예시로, 지금 다니는 회사에 D라는 사람이 있는데, 업무적으로 만나는 것조차 불편하고 화가 난다고 가정해 보자. 그렇다면 일을 할 때 D를 최대한 이리저리 피하려고 노력하고 있을 것이다. 그런데 결국 새 회사를 옮겨 보니 D와 비슷한 사람이 더 많다면?

인생은 선택과 책임의 연속이라지만, 내가 직접적으로 선택하지 않은 것에 대한 책임도 따라온다. 덜 후회할 쪽으로 선택하고, 그에 따른 결과에 다치지 않도록 건강한 마인드를 길러 주는 것, 그게 바로 오늘부터 당장 시작해야 할 일이다.

## 사랑이란?

나는 생명이 없는 존재를 사랑하여, 그것에게 생명을 불어 넣고 있다. 나에게 사랑은 한결같은 것. 항상 거기 있고, 항상 부드럽고, 항상 같은 냄새가 나고, 항상 같은 온도의 너가 나에게는 사랑이다.

사랑한다는 말을 함부로 하지는 않았으면 좋겠다. 연인 사이에서 자연스럽게 느껴지는 감정이 사랑은 아닌 것이다. 당신에게 사랑이 무엇인지, 그 사랑의 감정이 제대로 채워지고 있는지, 없다면 어디서 찾을 수 있을지, 당신의 정신적, 신체적 건강을 해치지는 않는지 생각해보기를.

## 바다로 갑니다

바닷가에서 나고 20년 동안 자라 마음 한 켠에 바다를 품고 삽니다. 사춘기로 방황했던 고등학교 3년 내내 창문 너머로 멀리 출렁이는 파도와 넓고 푸른 바다는 위로였습니다. 저 바다를 건너면 또 어떤 경험을 할 수 있을까? 상상의 보트에 꿈을 실어 몇 번이고 흘려보냈습니다. 대학생이 되면 바다 건너 멀리 떠나기로 스스로와 약속하면서….

실제로 바다를 건너 다른 나라에 닿아 보니, 편하게 마음 둘 곳을 찾는 것이 새로운 과제였습니다. 그럴 때마다 물가를 찾습니다. 내륙 도시 베이징에서 제 마음은 미명호에 머물렀고, 내륙 도시 시카고에서 제 마음은 미시간 호수에 머물렀습니다.

사춘기의 시절, 내가 이 세상의 모든 짐을 지고 태어난 것처럼 느껴졌지만 이제는 그 시절이 그리울 정도로 삶은 현실적이고 고통스러운 순간들을 마주할 수밖에 없지요. 바다를 보며 어려운 순간들을 이겨내는 연습을 했기에, 지금도 바다를 보며 마음을 쉬게 합니다. 이 글을 읽는 당신의 쉼터는 어디인가요?

## 정리하며 탐구하기

비우고 채우는 것도 매년 연습이 필요하다. 이 과정은 나 스스로에 대한 탐구의 과정으로, 반복하다 보면 나의 스타일, 내가 좋아하는 것, 내가 편해 하는 것, 내가 필요한 것, 그리고 내가 낭비하고 있는 부분에 대해 점점 더 잘 알게 된다.

### 비워야 할 것 리스트

- 지난 일 년 동안 사용한 적이 없는 것

- 새로 사는 것보다 수리비가 더 많이 들 정도로 훼손된 것

- 사용하고 있더라도 자신의 신체적 건강을 해치는 것

- 존재만으로도 자신의 정신적 건강에 해가 되는 것

**현명하게 비웠다면, 다시 채워도 되는 것 리스트**

- 내 삶에 도움이 되고 필요한 것

- 갖고 싶은 것 중 1달 정도 고민했는데 여전히 갖고 싶은 것

- 뚜렷한 목적성이 있는 물건

- 비워낸 것과 겹치지 않되 더 업그레이드 되었거나 더 마음에 드는 것


올해는 잘 입지 않는 옷을 기부했고, 너무 많이 신어 해져 버린 신발을 처분했으며, 대신 2년 전부터 갖고 싶었던 여름 샌들을 하나 들였고, 질 좋은 가방을 하나 들였다. 나 스스로에 대한 탐구는 올해도, 내년도 계속될 예정이다.

## 봄이 아파서


나는 봄이 아프다. 봄이 오기 직전 흙의 태동도 아프고, 봄이 온 뒤 벚꽃이 만개한 거리도 아프다. 봄이 찬란할수록 그 아픔은 더 강하다.

봄에만 2번 사별을 했다. 내가 이 세상에 태어나기 전부터 존재하던 사람들이기에 그 존재가 내 생의 일부로 너무 당연했는데, 어느 순간 그들이 내 삶에서 사라진 것이다. 그들이 차지하던 조각들과 함께. 이 세상에서 그들이 있어 크고 안전하게 느껴졌던 가족이라는 집단이 사라지고 이젠 작고 약한 내 몸 홀로 남게 되었다.

애인과의 이별만이 전부였을 때가 있었다. 나 없이 어딘가에서 잘 살고 있을 사람이 미웠고 마음이 아팠다. 이젠 사별 앞에 견줄 연애의 이별이 없다는 사실을 알고 있다. 사별이 더 지독한 이유는 그 사람이 이 세상에 더이상 존재하지 않기 때문일 것이다. 보고 싶어도 소식 물을 곳이 없고, 할 말이 있어도 건너건너라도 전할 수 없고, 지키지 못하는 약속에 대해 따지고 서운해할 수도 없어, 이런 감정들은 항상 나에 대한 원망으로 귀결된다. 있을 때 더 잘할 걸이라고.

## 이것 또한 지나가리라

삶을 살다 보니 행복한 일이 최악의 일로 바뀌기도 한다. 너무나도 가고 싶었던 학교에 합격을 하고 내가 꿈꿔 온 삶이 눈앞에 펼쳐질 일만 남았다고 생각했을 때, 이 좋은 소식을 전하기도 전에 할아버지는 갑작스레 세상을 떠나셨다. 20여 년이 넘도록 상상도 하지 못했던 순간이 내 삶에 들이닥치면서, 내가 꿈꿔 온 삶을 모두 이룰 수는 없었다.

최악의 일이 지나면 또 행복이 오곤 했다. 코로나 시대를 외국에서 혼자 겪는 것은 말로 표현할 수 없을 만큼 무섭고 외로운 시간이었지만, 한국으로 돌아와 가족들을 다시 만나고 친구들 곁에서 마음의 요양을 하다 보니, 삶의 행복을 다시 찾은 느낌이었다. 화려하고 거창한 행복이 아니라 내 일상을 채워 주는 소소한 행복과 만족감이 필요했기 때문이다.

살다 보니 '이렇게까지 힘들 수 있나' 싶었던 순간들이 지나고, 그보다 더 힘든 순간을 겪고 있기도 했다. 짧은 시간 동안 회사에서 사수가 4번 바뀌는 일을 경험하게 되었고, 그동안 마음이 참 너덜너덜해졌다. 갑자기 첫 번째 사수가 떠나게 되었을 때의 그

복잡한 마음은 두 번째 사수와 동료애를 쌓으며 극복했고, 두 번째 사수가 떠나던 날의 슬픔은 세 번째 사수에 대한 기대감으로 버텼고, 세 번째 사수에 대한 그리움은 그처럼 멋진 사수가 되기 위해 노력하며 극복해 보려 하고 있다.

인생은 장기전이니까 "이것 또한 지나가리라."

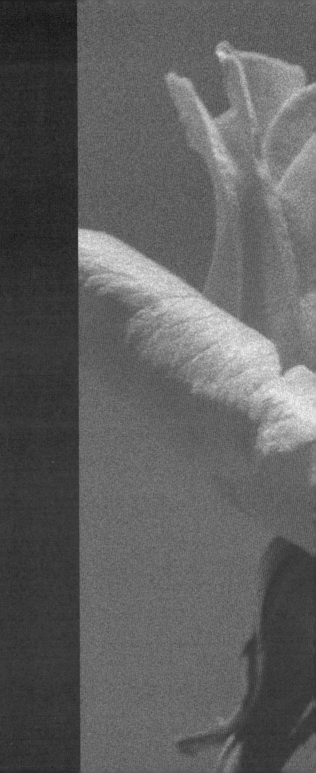

최
현
영

**최현영**

좋아하는 것도 많고, 하고 싶은 것도 많지만 대부분의 것들을 머릿속으로
상상하기만 하는 소심한 사람. 하루 24시간 중에 생각은 48시간 행동은 2.4
시간을 하느라 바쁘지만 한가한 사람.

오늘 문득 -


오늘 문득 사진을 보다가 생각이 났다.
오늘 문득 점심을 먹다가 떠올렸다.

오늘 문득, 아주 잠시 떠올렸다고 생각을 했는데 모아 놓고 보니 시계 바늘을 한참을 돌려 제자리가 되도록 쫓은 것 같다. 나는 생각이 많아서 머릿속으로 너에게 말을 걸고, 스스로 대답하며 묻지 않은 결론을 내곤 한다. 또, 부끄러움이 많아서 내 기분을 말할 타이밍을 놓치기도 한다. 그래서 매 순간 너를 떠올렸다고 말하는 건 있을 수 없는 일이다. 내 방식대로 너를 사랑하기 위해 머릿속으로 이리저리 일상 속의 너를 쫓는다. 너가 좋아할 만한 것들을 담아 두고, 때가 되면 너한테 해 줘야지 하는 것들을 하나씩 만들어 간다.

나와는 반대로 너는 솔직한 사람이라 생각나면 그곳이 어디라도 바로 전화를 하고, 느낀 감정을 꽤 직설적으로 얘기한다. 돌이켜보면 어리기만 했던 떼쓰기에 가까운 불만 거리에도 자길 낮추어 내 감정을 다스려 주던 사람이기도 하다. 떼어 놓고 보면 사람들은 감정적이고 거리낌 없는 너의 모습을 어리게 보고, 말은 적고 글로만 끄적이는 나를 보며 어른스럽다고들 한다. 사실은 표현할 줄 모르는 어리숙한 나를 천천히 가르쳐 주고 있는 어른스러운 너인데 말이다.

그래서 오늘은 문득 너가 떠올랐을 때 불러보았다. 망설임의 뒷모습은 거절에 대한 두려움이다 보니 설레임과는 다른 떨림을 느꼈다. 너의 답장에는 거짓이 씌어 있던 적이 없는데 나는 오늘도 안 떨렸던 척, 설레지 않았던 척 잔뜩 척을 씌워 보낸다.

## 행복을 기원하는 행복

"너의 행복이 가장 중요해."

한 해를 맞이하며 너에게 받은 편지 중에 한 구절이야, 마치 예전부터 생각하고 있었던 말인 냥 망설임 없이 내 앞에서 쓱쓱 써 준 편지의 첫 구절이었지. 생각보다 뻔한 이 한 마디가 내 머릿속을 어지럽게 만든 걸 너는 모를 거다. 조금 오래 전에는 누군가를 좋아하는 게 내 세상의 중심이었어. 하루의 절반 이상의 시간을 누군가를 쫓고, 감정을 소비하는 데에만 쓴거지. 그 시절을 후회하는 건 절대 아니야. 당연히 쓰기만 하니 다른 곳에 시간을 쓰기엔 감정의 체력이 부족했던 거지. 채울 시간도 없이 펑펑 쓰다 보니 시간이 지나니까 좀 허전하더라고. 그러다 보니 딱 니가 써 준 저 문장을 보았을 때 처음으로 '내 행복을 위해 나는 무얼 했지?'라는 생각을 하게 된 것 같아. 항상 남에게 행복을 주는 데만 갖가지 방법을 써 본지라, 정작 내가 뭘 좋아하는지는 모르겠는 거야. 너가 맨날 나한테 똑똑하다고 칭찬해 줬는데 이렇게 멍청할 수가 없지!

"걔는 뭘 좋아한대?"

"너는 뭐 갖고 싶어?"

특히 생일에 누군가 선물을 주고 싶다고 하면, 적당히 발을 빼며 "괜찮아요."라고 말 하는 게 응당 예절인 줄 알았어. 뭔가 머쓱하기도 하고 그럴 때마다 "그냥 아무거나 줘, 너가 주고 싶은 거 줘."라고 말을 하는 거지. 생각해 보면 너랑 저녁 메뉴를 고를 때도 "아무거나."라고 했을 거야. 결국은 너가 몇 가지 선택지를 주고 나서야 겨우 그 중에 하나 선택하는 정도. 나는 그게 내 성격이라고 생각했는데 위에 두 물음을 연달아 놓고 보니 아니더라. 그 땐, 정말 몰라서 대답한 것 같다는 생각이 부쩍 들었어. 사실 아직도 뭘 갖고 싶냐는 질문에 첫 대답을 쓰지 못했어. 그래서 요즘은 조금씩 '나'에 대해 공부하고 있어. 근데 그게 마냥 내 행복만을 위한 건 아니야. 저번에 내가 너한테 나는 다른 사람들이 나에게 기대어 줬으면 좋겠다니까, 스스로가 단단히 채워져 있어야 다른 사람 고민도 들어 줄 수 있고 짐을 지어 줄 수 있는 거라고. 내 행복이 가득 채워지면 당당하게 편지에 써서 너한테 줄 수 있지 않을까? 내 행복을 나눠 줄게! 라고.

## 설레발의 징크스

*징크스(Jinx): 불길한 징후 혹은 불운.*

설레는 마음을 많이 얘기할수록 내가 뜻하는 대로 굴러가지 않았다. 나는 이게 징크스라고 생각을 했다. 그래서 중요한 일을 앞두었을 때는 혼자 몰래 준비하는 게 버릇이 되었다. 예를 들면, 인턴도 지금 다니는 회사도 최종 합격 발표가 나서야 가족한테 이야기를 했다. 다들 놀라기도 하고, 한편으로는 서운해하는 사람도 있지만 나름의 징크스 해결 법이라고 생각을 했기에 웃으며 넘겼다.

대화는 모든 친목의 기반이다. 예전에는 곧잘 처음 보는 사람들에게 말도 잘 걸고, 친화력 있게 굴었지만 이상하게 나이가 들수록 낯을 가리게 되었다. 그때부턴 친하게 지내는 사람은 적더라도 그들과 깊은 대화를 하는 것을 즐기게 되었다. 낯을 가리다도 경계가 풀어지면 신이나 조잘대곤 했다. 되돌아보면 나만 너무 신나게 떠들었다 생각이 들 정도로 말이다. 그러다 보면 가끔 하지 않아도 되는 이야기까지 하게 된다. 한 마디 더 흘려 두곤, 줍기 위해 열 마디를 해야 할 때도 있었다.

1. 징크스는 어떤 불길한 운에 관한 이야기이다.

2. 나는 말을 하다 보면, 선을 넘어 말하는 경우가 생긴다.

3. 생각없이 뱉은 말에 안 좋은 일이 생기는 경우가 많다.

가장 바보 같은 실수는 핑계라고 생각한다. 지금껏 징크스라는 좋은 껍데기로 내 실수를 포장했던 것은 아닐까? 신중하지 못하게 말을 하는 버릇을 줄이려고 하지만 말하다 신나 버리며 또 실수를 반복한다. 뒤에서 했던 말을 되새기며 괜히 말했나 고민하는 시간만 다시 늘어간다. 느슨한 고민이 대화의 틈새를 벌려 버리고야 만 것이다. 팽팽 머리를 돌리며 긴장감을 다시 조여 본다.

# TIME OVER

"끝. 진짜 끝."

"그 정도까지만 해도 잘했어."

"시간을 맞추는 것도 중요한 거야."

내가 상상한 마지막 순간. 아직 퍼즐을 완성하지 못한 너를 보며 어떻게 말해 줄지 고민한다. 너에게 어떤 말을 해 주는 것이 좋을까 머리를 굴려 본다. 결과만큼이나 시간도 중요하다는 것을 알려 주어야 할까, 아니면 스스로 깨고 나올 때까지 기다려 주는 것이 맞을까? 하지만 더 중요한 것은 내가 타임 오버를 외칠 수 있을까?

근데 사실 너에게 켜 준 타이머는 시간이 가지 않는다. 넌 모르겠지만 말이다. 제한 시간에 마음 졸이며 달리는 것은 너뿐이다. 나는 가지 않는 시계 뒤에 서서 너를 기다린다. 0분 0초로 세팅되어 있는 타이머는 너에게 시간이 남아 있지 않다는 뜻이 아니다. 내가 줄 수 있는 시간이 무한대라는 의미이다. 또각또각 걸어가는 시계 바늘이 초조한 너는 자꾸 뒤를 돌아본다.

- 자꾸 돌아보지 마. 시간 아깝잖아.

사실을 알면서도 괜히 긴장감을 더하는 말을 해 준다. 약간의 자극은 동기 부여를 해 준다. 자세를 고쳐 잡은 너는 아직도 가득 쌓인 퍼즐 조각들 사이에서 집중을 시작한다. 제법 기울어진 시계 바늘을 바로 세워 준다. 시계가 둥글다는 건 계속 그 자리로 돌아온다는 거야. 한 바퀴를 돌아 제자리로 오면 아무도 진짜 시간을 알 수 없지. 그렇게 너에게 360도의 시간을 준다.

　　끝이 없는 시간에 지루한 것은 나뿐이다. 돌아보지 말라고 말한 것도 나지만, 진짜 돌아보지도 않는 너한테 억울한 것도 나뿐이다. 꿈에서 몇 번 연습했던 타임 오버를 다시 연습해 보며 너를 본다. 또다시 나는 지나간 시간을 세어 보며 또각또각 시계 바늘을 되돌려 준다.

　　딱 0분 0초만 기다려 줄게.

## 못

"벌써 십 년도 더 된 일인데?"

그렇게 말해 놓고는 뒤도니까 가슴이 턱 막히더라.

가끔은 내 스스로가 이해가 안 가더라고.

평소에는 생각도 안하고 있다가,

이때만 되면 세상 소중했던 것처럼 슬퍼하는 게.

살면서 고작 100일쯤 알았을까?

이름도 흐릿한 그 사람은 뭐가 문제길래.

그러니까 채도가 높고 하늘이 무거워지는 초여름 장마 때,

그때마다 내 발목을 붙잡고 놔 주지를 않는다.

신기한 경험이었다.

다시 산다면 굳이 다시 하지 않아도 되는 경험이었다.

그날 아침의 기억이 생생하다.

평소보다 낯설게 나를 대하는 사람들의 말투, 부산스러운 분위기.

감기에 걸렸다던 사람은 왜인지 모르게 사진으로 변해 있었다.

향이 가득 타오르는 그곳에 쭈뼛대며 들어가

처음으로 꽃을 선물해 주었다.

시키는 대로 인사를 했다.

이건 우리가 하던 인사가 아닌데.

분위기를 받아들이기도 전에 시간이 흘렀고,

나 빼고 모든 게 제자리로 돌아가더라.

십 년이 지났지만 나는 아직도 돌아가지 못했다.

좋아했던 노래를 아직 듣지 못하고,

이렇게 매 여름만 되면 마음이 울적하다.

한 번 보기라도 하면 억울하다가 하소연이라도 할 텐데

어디에 있는지도 모르겠다.

답답함에 또 머릿속으로만 만나 본다.

나는 잃어버리고 나서야 소중했다는 걸 깨닫나 보다.

멈춰버린 그때의 나이에 가까워지고 있다.

딱 그때 되면 따져야겠다.

우리 이제 동갑이니까 실컷 너라고 부르면서

그만 생각나라고 화도 내야겠다.


가고 싶다고 했던 바다에 가자.

좋아하던 노래 내가 들려줄게.

한 곡 반복으로 실컷 질릴 때까지 들어라.

대신에 내 기억의 마지막이 슬픈 눈의 힘없는 어깨였으니까

그것만 바꿔 주고 가.

그럼 매일 생각나도 되니까.

## 작별 인사

너무 좋아해서 떠나라고 했다.

영화를 보고 있었는데, 여자 주인공이 어렸을 때부터 함께 자란 친구가 자기의 꿈을 위해 동네를 떠나겠다는 말을 하는 남자 주인공에게 가지 말라는 말을 하더라. 남자 주인공이 그곳을 떠나려는 고민을 하는 사이에 여자 주인공에게 말을 하지 않았던 것도, 결국 떠나겠다 말을 하는 것도 내 상황이랑 비슷해서 몰입하게 되었다. 하지만 결말은 나와는 조금 달랐다. 나는 너를 보내 주었고, 영화에서는 붙잡았고 결국 가지 않았다.

사실 그런 상황에 맞닿으면 누가 가지 말라고 말을 할 수 있을까? 가지 말라는 건 내 욕심이고 너는 내 욕심과는 다르게 너를 위한 선택을 해야 하기 때문이다. 가겠다는 말에 그 짧은 사이에 어떻게 말을 해야 할지 많은 고민을 했다. 각종 감탄사 같은 말들로 시간을 때우는 내 모습에 바로 알아차린 너는 내가 하고 싶었던 말을 대신해 준다.

나에 대해서 똑똑한 너가 미웠다. 반응도 뻔히 알고 마음도 알면서 생각할 시간도 안 주고 말해 버린 너가 싫었다. 그런데도 나는 괜찮은 척 축하해 주었다. 가서 잘 할 거라는 진심이긴 하지만 진심이 없는 응원도 해 주었다. 그리고 잘 가라고 해 주었다. 너무 좋아해서 그렇게 말했다.

# 거꾸로

"한번 거꾸로 자 보는 건 어때요?"

잠이 오지 않는다는 사람에게 이런 말을 한다면 고개를 갸웃거릴 사람들이 보여요. 누군가는 잠이 오지 않으면 따듯한 물을 마시라고 할 것이고, 누군가는 가벼운 운동을 권유하기도 하지요. 저처럼 거꾸로 자라고 하는 사람은 없을 거예요. 하지만 정말로 제가 잠이 안 올 때마다 하는 방법 중에 하나인 걸요?

때때로 일이 생각한 것만큼 풀리지 않는다면 한번 거꾸로 가보는 건 정말 괜찮은 방법이에요. 한 번 예를 들어 볼까요? 가장 쉽게 거꾸로 갈 수 있는 방법은 시간을 거슬러 오르는 것이에요. 갑자기 마법을 부리냐고요? 더 이해하기 편하게 말해 볼게요. 역산이라고도 하지요. 마감일부터 시작해서 해야 하는 일들의 일정을 계산해 나가는 거예요. 그럼 좀 더 쉽게 일정 정리를 할 수 있지요. 내가 해야만 하는 최대 단위의 데드라인을 짤 수 있어요.

결과가 정해져 있다면 거꾸로 상황을 보는 건 생각보다 괜찮은 돌파구랍니다. 뒤집어 보면 만들어야 하는 결과에 대한 조건을 짜내 볼 수 있어요. 요리도 비슷한 과정이라고 생각할 수 있죠. 완성된 모습을 보고 필요한 재료에 대해서 생각할 수도 있고, 볶을지 튀겨야 하는 것인지 등 조리법에 대한 고민도 해 볼 수 있듯이 말이에요.

고민이 길어진다는 것은 결국 망설여지는 구석이 있다는 것일 거예요. 그때 필요한 건 상황에 대한 새로운 시선 아닐까요? 남들에게 말하기 곤란한 고민이라면 고민의 대상을 뒤바꿔 보거나, 시점, 방법 등등 뒤집어 볼 수 있는 것들을 뒤집어 보는 건 어떨까요? 잠이 솔솔 오듯, 고민에 대한 실마리가 술술 풀릴 수도 있을 테니까요.

파도


음향이 가슴을 찰싹거리며 때리고
음악은 가슴 속 근심을 밀어내 버린다.

넘실넘실 드넓은 공간을 가득 채운다.
귀를 꽉 채워 다른 것이 새어 들어올 수조차 없게 만든다.
드러누워 몸을 맡기니 살랑임이 그대로 몸에 들어온다.
꽉 차오르는 만족감에 너울지다가도
내리쬐는 햇빛이 뜨거워 금방 잠잠해진다.
대충 편 종이를 얼굴 위로 덮어 버리며 숨어 본다.
쉴 새 없이 흘러나오는 음들은
한없이 잔잔했다가도 몰아치듯 쏟아내기도 한다.
그 위를 파도타듯 까딱이다 보면 꽤 멋진 서퍼가 된 기분이다.

기타 리프가 신나게 파도 끝을 짓밟으며 올라서 놀게 만들고
파고를 가늠할 수도 없이
힘차게 찢고 나오는 트럼펫 소리에 허우적대다
보드 위로 걸쳐져 둥두둥거리는 베이스에 맞추어
호흡을 가다듬는다.

파도의 짜릿함이 잔음과 함께 마음을 두근거리게 만든다.
몽글몽글 거품이 차는 곳까지 밀려나온 상상까지 끝내니
곡이 끝난다.

아쉬움에 종이 아래서 빠져나와 빼꼼 무대를 본다.
파랑을 즐긴 진정한 서퍼들은 바닷물을 털어내며
다음을 준비하고 있다.
사뭇 진지하면서도 설레임이 가득 찬 표정을 보니
역시 오길 잘했다는 생각이 든다.
다시 시작되는 파도, 함께 파도를 타기 위해 또다시 눈을 감는다.
이번에는 더 높은 파고를 만나길 기대하며.

## 고민의 미로

나는 생각이 많다. 한 번 생각에 빠지면 사다리를 타고 내려가듯이 한없이 밑으로 내려간다. 그렇다고 한 개의 사다리만 타느냐? 그것도 아니다. 마치 내기를 하듯이 한 가지 생각 안에서 단어 하나, 느낌 하나에 따라 다른 사다리를 타고 내려가기도 한다. 가끔은 천천히 조심스럽게 하나씩 내려가기도 하고 어쩔 때는 발을 헛디딘 것마냥 주르륵 추락하기도 한다. 비교적 자주, 그리고 많이. 생각해 보면 꿈꾸듯이 고민을 한다. 사람들이 잠잘 때 칼로리 소모가 높다던데, 나는 머리가 잠들지 못하고 사다리를 내려가느라 더 칼로리를 쓰는지도 모르겠다. 그래서 자고 일어나도 피곤한가?

한 번은 이런 생각을 했다. 돌이켜보면 딱 거짓말이 티 났던 그 순간을 생각하며 내가 그때 너 거짓말하지 말라고 말을 했더라면 어떻게 되었을까? 사실 바뀌는 게 없을 수도 있다. 혹은 바뀌는 게 아예 없을 수도 있을 거다. 그래도 그냥 그런 거 있잖아, 착한 거짓말도 나에게는 안 해도 돼 다 알아, 나에게는 솔직해지도록 해. 그런 말을 해 주고 싶었던 거. 그 생각을 시작으로 온갖 아쉬웠던 소리들이 다 들린다. 잠자리에 누워 내일을 생각하려다 어느새 너의 거짓말이 생각나는 몇 달 전으로 내려가고, 결국은 도착한 언젠지도 기억이 안 나는 아마도 몇 년 전 사다리. 화들짝 놀라 괜히 옆에 누워 있던 양 인형을 때린다. 안녕 양, 너가 몇 마리 있는지 오늘도 세어 보아야 잠이 올 듯하다. 양을 언제 받았더라···. 그 양을 받았던 생일은 어땠더라. 몽실몽실 뭉쳐진 양의 털을 만지며 잠에 빠지려다 손에는 까슬까슬한 어두운 노란색의 각목이 만져진다. 또 어느 날, 어떤 시간의 사다리로 빠지려나.

## 노을, 너

영화처럼 남는 기억들이 있다. 뭐랄까, 단 몇 초 사이의 순간
인데 슬로우가 걸린 것처럼 느리고 선명한 그런 순간들 말이다. 차
를 타고 건너던 한강의 노을이 자꾸 생각난다. 카메라에 남기지 못
해서 더 자꾸 떠오르는 것 같아, 왜 찍지 못했을까? 운전을 그렇게
좋아하던 네가 자꾸 실수를 해서 신경을 곤두세우느라 그랬을까?
아니지 방해받고 싶지 않았던 것일 수도 있고…. 아니면 너 앞에서
는 유독 조심스러워지는 나 때문일지도 모르겠다.

하여튼 그 노을은 내가 살면서 봤던 노을 중에서도 손에 꼽
게 아름다웠고, 지나가던 길이 한강이라 강에 반사되어 그 멋을 더
했던 것 같다. 너도 그 순간 노을에 반했던 걸까, 또 실수를 하곤
허둥대던 모습이 떠오른다. 위험했던 순간이 당황스러웠던지 답지
않게 두서없이 사과를 반복했다.

그리운 건 한강 위의 노을일까, 아무 생각없이 두어 시간을
달린 그 날의 기억일까? 아무래도 두어 시간 동안 틈새도 없이 떠
들던 대화들 그리고 거기서 몽글몽글 생긴 순간들이 아닐까. 나
랑은 다른 시차에 살아서 당당하게 저녁의 디저트로 에스프레소

를 선물하던 재밌는 너. 처음 마셔 본다는 내 말에 금세 친해진 사장 형에게 각설탕을 받아 와 넣어 주면서 쌉쌀한 맛 끝에서 초콜릿 향을 찾아야 한다던 어이없던 말. 온갖 안심시켜 주는 말에 용기 내 에스프레소 한 모금 마시곤 복잡한 느낌을 눈썹으로 표현하던 내 모습에 빵 터져서 배를 붙잡고 웃던 너. 짜증나, 근데 자꾸 생각나는 그날.

노을은 그날의 정점이었고 끝이었다. 눈을 감으면 노을을 시작으로 되짚어 보는 그날의 일들. 다음에 또 그런 노을을 만나면 뒤는 생각하지 말고 일단 가까운 한강으로 달려가 잔디에 드러누워 캔맥주를 마시며 영화의 속편을 남겨 보자는 다짐까지 해 본다.

# 나의 멋, 미

적당한 긴장감은 언제나 필요하다. 매일 아무 생각 없이 일하고, 퇴근하고, 놀다가 잠에 들고. 어느 순간 정신을 차리면 막 살아 버린 며칠, 몇 달을 후회스러워하는 일이 부쩍 늘어 버렸다. 후회를 조금 줄여 보려고 꼭 기억하면 좋을 것들을 정리해 보았다. 조금 거창해 보이지만 결국은 나한테 실수하지 말기로 정리되는 것들.

## 나만의 멋과 미를 위한 체크 리스트

1. 아니라고 말해야 할 때 정확하게 아니라고 얘기할 줄 알아야 한다. 뒤늦게 아니라고 해 봤자 손해 보는 것은 나뿐이다

2. 스스로를 몰아붙이지 말 것

3. 가끔은 말줄임표를 사용할 것

4. 하나쯤 남들보다 잘하는 것과 하나쯤은 못하지만 재미있게 즐길 수 있는 일을 만들어 둘 것

5. 기록하는 것을 생활화할 것

6. 소중한 인연들에게 잘 표현할 것

7. 한 달, 일 년보다 하루를 잘 보낼 것

8. 열심히, 그리고 효율성 있게

9. 건강한 습관 만들기

10. 다 지키면 좋지만, 매여 있지는 말 것

## 사회 생활

회사와 집뿐인 단출하기만 한 하루의 끝, 침대에서 허탈감에 버둥거려 본다. 퇴근했는데, 또 출근이라니. 뒤엉킨 이불만큼이나 꼬여 버린 마음을 아무 잘못도 없는 너한테 화풀이를 해 본다. 나도 사람인지라 감정이 상할 때가 있다. 그 순간에 그렇지 않은 척 말할 줄 아는 것이 사회생활이고, 또 그런 일을 오래 마음에 담지 않는 것도 사회생활이다. 그걸 나는 참 받아들이지 못했던 것 같다. 모든 걸 다 이해하려고 노력했고, 그걸 이해하지 못하면 속으로 화가 났다. 처음에는 그 상대방에게서 이유를 찾았다. 그 다음엔 '그럴 수도 있지.'라며 한번 이해를 시도한다. 끝내 이유를 찾지 못하면 결국 활시위를 나에게 겨누며 그것도 이해하지 못하는 답답함에 화를 냈다. 데굴데굴. 머리 굴리는 소리를 내며 찰나의 시간 안에 세 단계를 거치며 끊임없이 아니라고 말한다. 그럼에도 '그렇다.'라고 이야기해야만 했다. 그렇게 허탈함이 하나 늘었다.

모든 일은 뜻대로 흘러가지 않는다. 내가 아무리 열심히 준비해도 뜻대로 결과가 나타지 않을 때가 있고, 또 열심히 하지 않은 일이 생각보다 잘될 때가 있는 것이다. 과정이 아무리 아름다워도 비교적 결과가 중요하다. 나조차도 결과에 실망하기도 하니까 말이다. 과정도 중요하다고 고독하게 외치며 괜히 길을 돌아가 본다. 누군가는 지름길로 결승선을 두 번, 세 번 통과하는 동안 말이다. 당연히 결론적으로는 나에게 남은 건 오래 걸린 시간과 실망뿐인 것이다. 이렇게 허탈함이 하나 또 늘었다.

어렸을 때부터 딱히 전공이란 게 없었던 나는 '아무거나 다 어느 정도 해요.'가 전공이었다. 내 능력으로 일을 하며 돈을 버는 때가 되어서야 '어느 정도 해요.'는 별로 좋은 게 아니라는 걸 깨달았다. 각자의 전공을 뽐내는 사람들 사이에서 나는 미운 오리 새끼마냥 잔잔한 물 아래에서 몰래 미친듯이 물장구를 쳐 본다. 일을 마치고 여유롭게 발에 묻은 물을 탈탈 털고 뒤풀이까지 하는 사람들 뒤에서 지친 나는 물도 털어내지 못하고 잔뜩 물먹은 채 주저 앉는다. 물먹은 다리는 무거워져 느려진다. 아무리 물장구를 쳐도 나아가지 못하는 내 모습에 허탈함이 파도처럼 몰려온다.

질펀한 허탈감 위에서 허우적대며 말했다. 나 너무 힘들다고, 오늘은 좀 허탈했다고. 가만히 듣던 너가 말했다, 잘하고 있다고. 힘들 때 버티면 나중에 진짜 강해질 거라고. 정말 별거 아닌 말에 갑자기 중심을 잡아 버리고 말았다. 그래, 사실은 위로가 필요했던 거였지. 어이없게 단순한 내 마음에 허탈함이 삐죽 튀어나왔다.

## 이사

10년을 살던 집을 떠나면서 삼분의 일쯤을 남기고 모든 걸 버렸었다. 물건을 사고 받은 예쁜 종이백 하나를 버리는 것을 망설이던 나에게는 엄청난 일이었다. 10년이라는 긴 세월 동안에 방에 쌓인 물건들은 종이백 하나뿐이지 않을 테니.

- 이름도 기억이 나지 않는 친구에게 받은 편지

- 수업 중에 몰래 받은 친구의 포스트잇

- 여행지에서 쓴 글씨도 다 지워져 버린 영수증들

- 좋아하던 브랜드의 포장지

분명 서랍 안에 넣을 때는 그 때 나름의 의미도 있었고, 설레었는데. 버릴 박스에 다 집어넣어도 마음이 아무렇지가 않다. 걱정이 된다면 이 많은 걸 언제 다 치우나, 어떻게 들고 내려가나 이런 당장의 것들에 대한 생각뿐이었다. 어떤 의미로 지금까지 지켜왔던 걸까 고민을 해 본다. 동이 틀 무렵까지 방을 엎어 버렸더니 남은 물건보다 버려진 물건이 훨씬 더 많았다. 수집도 과하면 병이라던데 안 버릴 거라고 고집 부리던 과거의 나한테 잔소리를 하던 아빠 목소리가 들리는 듯 하다. 결국은 버리게 되었으니 아빠가 또 정답인가보다.

이사를 가는 건지 온 건지 모를 정도로 비어 버린 방에 누워 보았다. 산더미만큼 정리해 버렸는데 마음이 허하질 않다. 가만히 생각하다 보니 예전에 물건에 영혼이 있다는 글을 읽은 적이 있다. 몇 년을 써도 망가지지도 않고, 어쩌다 잃어버려도 몇 번이고 나한테 다시 돌아왔던 물건에 대한 이야기였다. 어느 날 그 물건을 오래 쓴 것 같아 버려 버리려고 하니 그 물건이 자기 역할을 다 한 것처럼 망가지더니 돌아오지 않는다는 그런 스토리였다. 딱딱하기만 한 물건들이 그럴 리가 없다고 코웃음을 치며 읽었던 글인데, 지금 생각해 보니 그런 것 같기도 하다. 알고 보니 터줏대감처럼 내 방을 지키던 녀석들이 내가 버리려고 정리하니까 자기 자리를 물려 준 게 아닐까.

한 쪽에 포장되어 있는 나와 이사를 같이 갈 녀석들을 가만히 쳐다본다. 터줏대감 역할은 잘 배웠는가 친구들.

# 봄

다른 사람한테는 나는 눈치도 빠르고, 흔히 말해 촉이 좋아 꿰뚫어 보며 속마음을 알아차리고 우위를 가질 때가 많은데… 이상하게 너에게는 아무것도 통하질 않는다. 가끔 목소리만 들어도 너가 나를 뚫어지게 쳐다보고 있다는 게 느껴질 때가 있다. 그럼 어느새 기어 들어가듯 솔직한 마음을 말하게 된다. 마주하고 있지 않은데도 파고드는 눈빛을 보내는 너가 싫다. 이미 다 들여다 본 것마냥 굴어서 나를 자꾸 어린 애처럼 약해지게 만드는 너가 싫다.

"똑똑똑, 계십니까?"

내가 부를 때마다 활짝 문을 열어 주는 너는 무언가 이상하다. 활짝 열어 주는데 그 안에 아무것도 없는 느낌이다. 헤집고 다녀 봐도 문을 두드리기 전에 훔쳐 보아도, 숨죽여 엿들어 봐도 아무것도 없는 느낌이다. 무언가 숨겼냐고 나름대로 파헤쳐 봐도 아무것도 없다. 괜히 의심만 한 것 같아서 기분만 이상하다. 꽁꽁 숨긴 너가 궁금해서 자꾸 주변을 맴돈다. 너는 큰 키로 나를 놀렸을 때처럼 따라잡을 수도 없이 높은 곳에서 나를 본다. "아- 나는 아무렇지도 않아. 그냥 궁금해서 그래." 나는 지기 싫어서 괜찮다고 말해 본다. 나를 보는 너의 눈빛은 바뀌지 않는다. "진짜라니까." 다시 한번 얘기해도 변하는 것은 없다. 그는 또 내 속을 다 봐 버린 것이다.

"아무것도 모르니까 불안해. 나한테 다 알려줘."

결국 너는 나한테 솔직한 말을 듣고야 만다. 투정을 듣고 나서야 만족한 너는 처음 만났을 때처럼 내 머리 끝까지 끌어안고 토닥인다. 자꾸 들켜서 너가 싫다.

## 나를 그리다_시작

나보다 나를 조금 더 아는 사람들에게 받아 본, 나를 훑는 질문들. 그들이 해 주는 질문이라면 뻔하게 스스로를 알아가는 것보다, 더 빠르게 더 확실하게 나를 이해할 수 있을 거라는 작은 확신에서 이러한 인터뷰를 시작하게 되었다.

이상한 인터뷰에 참여해 준 여섯 명을 고르는 것은 그리 어렵지 않은 일이었다. 나를 알게 된 기간은 제각각이지만 누구보다 내가, 그들을 사랑하기 때문이다. 이 뒤로는 그들에 대한 짤막한 스케치와 직접 고민해서 뽑아 준 나를 칠하는 물음에 대한 대답을 적어 보려고 한다.

마음이 어떻게, 왜 불편한지를 모르는 게 꼭 나를 닮은 이 친구를 보면 자꾸 마음이 간다. 괜히 그럴 때마다 답지 않게 언니인 척을 하게 되는데 감사하게도 서툰 이 위로를 감동적으로 받아 준다. 불씨를 키울 능력은 충분히 되니 마음에 꽁꽁 숨어 있는 불씨를 찾길 바라게 되는 친구. 질문을 부탁하자마자 생각보다 큰 책임감을 가지고 질문을 '준비'해 온 역시나 나랑 꼭 닮은 동생.

- 제일 좋아하는 책, 혹은 영화. 이유가 있다면?
- 하루하루가 이별의 날

*"그리고 저를 잊어 버릴까 봐 걱정하실 필요는 없어요. 저를 잊어 버리면 저하고 다시 친해질 기회가 생기는 거잖아요. 그리고 그건 꽤 재미있을 거예요. 제가 친하게 지내기에 제법 괜찮은 사람이거든요." - 하루하루가 이별의 날 中*

책을 여러 번 읽은 적이 손에 꼽지만, 이 책만큼은 셀 수도 없이 읽은 것 같다. 좋아하는 사람이 생긴다면 꼭 선물해 주고 싶을 정도로 좋아한다. 이별을 '잘 한다'는 것은 누구에게나 어려운 일일 것이다. 특히나 사랑하는 사람을 떠난다는 것은 상상할 수 없을 정도로. 세상에서 가장 슬픈 병인 치매를 앓는 할아버지가 사랑하는 손자와 하루하루 멀어져 가는 법. 사실 나는 잘, 이별한다는 걸 아마 끝까지 이해할 수 없겠지만 말이다. 생각해 보니 너에게도 이 책을 선물해 주어야겠다.

- 만약 과거로 돌아갈 수 있다면 바꾸고 싶은 딱 한 가지? 만약, 없다면 후회 없는 삶을 살았군요.
- 딱 하나만 바꿔서 많은 것들이 바뀌지 않을 테니까. 아쉬운 걸 하나 얘기하자면 피아노를 끝까지 배워 볼 걸? 혹은 예체능 한 가지는 꾸준히 배워 볼 걸.

돌아보면 특히 예체능을 잘하는 것에 질투가 많았던 것 같다. 그래서 지금 드럼 레슨을 받고는 있지만 클래식에 대한 동경이 있기 때문에 다른 레슨도 받아 보고 싶은 그런 욕심이 남아 있다. 어렸을 때 피아노를 별로 길게 못 치고 그만뒀던 것, 혹은 첼로를 배우고 싶다고 솔직하게 말하지 못했던 걸 후회하는 중이랄까.

　- 내가 생각하는 나는 어떤 사람인지, 어떤 사람이 되고 싶은 지.
　- 욕심은 많지만 그 욕심을 스스로 포용하지 못하는 사람. 앞으로 그 욕심을 다 받아낼 사람이 되는 게 꿈.

　　사람들이 나에게 기대고 의지하며 날 좋은 사람으로 생각했으면 좋겠고, 일적으로도 인정받고 싶고, 더 멋진 곳에서도 일하고 싶고. 천천히 그 욕심을, 내 능력으로 만들고 싶다.

## 나를 그리다_스케치

나이도, 국적도, 언어도 다르지만 내가 참 의지하는 사람. 말도 안 되는 내 영어 실력을 항상 칭찬해 주며 나를 키워 주는 나의 스웨덴 아빠. 내가 더 많은 나이가 부끄러울 정도로 매일 의지하는 사람. 물론 가끔 그의 나이가 어린 게 티가 날 때가 있지만, 나이에서 묻어나는 아주 자연스러운 먼지라고 생각하기 때문에 톡톡 털어 줄 뿐이다. 그게 내가 할 수 있는 최대의 효도랄까.

"What's your favorite flavor of ice cream?"

"All of chocos. Anything is okay."

"What was your dream job when you were a child?"

"A cook. Because my mom is a cook. I thought I wanted be her."

"If you were a dog, what breed would you be?"

"Dachshund. I'm shorts."

"LOL"

인터뷰라는 목적을 잃어버리고 잔뜩 웃고 떠들어버린 인터뷰. 뭐랄까 아 이것도 인터뷰가 맞는 걸까? 고민했지만… 그만큼 솔직하고 짧은 인터뷰. 물론 글로 옮기기 어려운 너무 솔직한 말들을 쳐내는 것이 어렵긴 했지만 말이다. 특히 두 번째 질문이 오랜 고민을 하게 만들었는데, 나는 어렸을 때부터 지금까지 쭉 직업적인 꿈이 없었다. 하고 싶은 게 딱히 없었고, 돈 버는 일이면 다 좋을 것 같다는 생각만 했던 것 같다. 돈 버는 것도 결국은 결핍에서 나온 벗어나고 싶다는 그냥 희망사항 아니었을까? 지금도 여전히 꿈이라고 할 게 없지만, 엄마 같은 사람이 되고 싶다는 건 아직 변함이 없는 것 같다. 사람을 끌어 모으는 그런 어떤 매력이 있는 사람, 좋아하는 걸 하기 위해서 중요한 걸 포기할 줄 아는 사람? 그런 모습들 말이다. 그 표현이 어린 마음에 요리사가 되고 싶다고 말한 게 아닐까 하는 나의 작은 예상.

## 나를 그리다_선 따기

내가 뭐라고 이렇게 잘해 주나 생각할 만큼 나를 온실 속에서 키워주는 멋진 바다 같은 언니. 바닷가에 살아서 바다가 되어버린 걸까 싶었다. 힘없는 나를 귀신같이 알아보고 내가 좋아할 만한 것들을 일단 다 가져와서 들이미는 정말 파도 같은 사람. 내가 듣고 싶은 말들을 꽉꽉 담아 말해 주는 나의 자존감 지킴이.

### 1. 좋아하는 것에 대한 열정과 추진력은 어디서 나오나요?

: 가지고 싶다는 욕심에서 나와요. 물건이건 만져지지 않는 어떤 목적성이건, 가져야겠다는 생각이 들면 그 순간만큼은 어떤 부끄러움도 없이 달려드는 것 같아요. 사람도 똑같은 것 같아요. 내 사람이라는 생각이 들면 그 사람을 위해서 한없이 다정해지기도 하고, 슈퍼 히어로처럼 그 사람을 지켜 주고 싶어하기도 하고 그래요. 이성적인 경우나 그렇지 않은 경우 모두 다. 내 바운더리 안에 넣고 싶은 것들은 다 그렇게 '수집'하고 싶어하는 느낌이랄까? 수집에 대한 욕심이 저의 추진력인 것 같아요.

## 2. 엄청난 인싸력의 비결이 무언가요?

: 실제로 '인싸'인지는 잘 모르겠지만 어느 정도 사회생활인 것 같아요. 진짜 친한 사람은 정해져 있는 것 같달까? 내 사람이다 라는 확신이 들기 전까진 적당히 나빠 보이지만 않게 유지하는 '일'을 해요.

## 3. 아빠의 사랑스러운 막내딸,
## 어떻게 그렇게 아빠랑 친구처럼 잘 지낼 수 있는 걸까요?

: 특히 가족 사이에서는 서로 이해할 수 없는 선을 정확하게 서로 인정하는 것이 중요한 것 같아요. 회피도 좋은 인간관계를 위한 하나의 방법이랄까. 물론 매 순간 회피를 하는 건 절대 좋은 일이 아니지만, 항상 부딪히는 주제에 대해서는 서로가 꺼내지 않도록 조심하는 것. 그게 가족 간에 가장 필요한 자세인 것 같아요. 가족이라는 이유 하나로 너무 깊은 부분까지 조절하려 하지 않는 것.

**나를 그리다_채색**

1. 내 하루를 다 아는 사람
2. 나의 솔직함에 대신 울어 주는 사람
3. 낭만이라곤 없으면서 나한테 꽃을 주고 싶다는 사람

나이의 경계를 지우고 내 하루를 화려하게 만들어 주는 동생. 매일 똑같은 루트로 이야기를 해도, 만나서 매번 똑같은 일을 해도 지루해하지 않는 사람. 감정의 종류가 나의 두 배, 세 배는 되어서 신기해서 자꾸 관찰하게 된다. 가끔은 그 반응이 보고 싶어서 일부러 더 자극적으로 이야기를 한 적도 있다. 이건 비밀. 자연스럽게 미래를 함께 얘기하는 말 그대로 소울메이트.

"언니를 들뜨게 만드는 것들이 어떤 거야?"
"떡볶이. 아 이건 너를 들뜨게 만드는 건가? 나를 들뜨게 만드는 건 우리가 같이 좋아하는 몇 개의 음식들, 방 탈출 게임, 잠자는 거, 내가 좋아하는 사람들… 뭐 그런 거?"
"그건 나도 들떠."
"신선하지 못한가?"

질문한 이가 생각보다 따분한 반응을 보인다. 새로운 사실을 알고 싶다는 뜻이겠지. 들뜬다는 의미를 조금 더 고민해 본다. 단순히 신나는 마음보다 더 들뜨는 그런 설레임이 있다면 무엇이 있을까.

"바쁜 게 나를 들뜨게 만들어."
"엥?"

내가 좋아하는 너의 빈틈없는 반응이 나온다.

"다른 생각을 할 수 없을 정도로 바쁘면 내가 좀 살아 있는 것 같아. 그런 시간들이 기분 좋은 피곤함을 만든달까? 난 바쁜게 좋아."
"그럼 24시간 동안 자유가 주어진다면? 휴가야 하루 동안."

만족스러운 듯 자연스럽게 다음 질문이 주어진다. 그동안 휴식 시간은 어땠나 고민해 본다. 매일 잠만 잤던 것 같은데…. 그 대답은 재미없어 할 것 같아 말을 아낀다.

"봤던 영화를 또 볼 거야. 하루는 짧으니까 새로운 시도를 하고 싶지는 않아. 좋아했던 노래, 영화, 음식 그런 걸 즐길 거야."
"실패하고 싶지 않구나?"
"응, 난 안정적인 게 좋아."
"그럼 불안할 땐 어떻게 해?".

그녀는 인터뷰하는 것에 소질이 있는 것 같다는 생각을 잠시 했다. 새로운 모습의 발견인 걸.

"불안할 때는 그 불안을 텍스트로 다 써. 왜 기분이 안 좋은지 끝까지 나를 파헤치는 거야. 그럼 더 불안해질 때도, 덜 불안해질 때도 있는데 적어도 원인은 알게 되더라고."
"언니 답네."
"그래서 나 맨날 일기 쓰잖아."
"거기 내 욕은 없지?
"비밀이야."

잔뜩 성을 내는 반응을 보며 오늘도 그녀 덕분에 재미있는 하루를 보낸다. 물론 오늘 일까지 일기에 적을 거지만, 그녀한테만큼은 앞으로 일기를 쓸 거라는 내 스케줄은 밝히지 않는 게 좋겠다.

## 나를 그리다_명암

나를 절대적으로 좋게 이끌어주는 사람. 울어도 된다고 말해 주는 유일한 사람. 내가 주저앉을 때는 말도 안 되게 단호하게 일어서라고 말할 줄도 안다. 외유내강이라는 단어를 별로 좋아하지는 않지만 너를 한마디로 표현한다면 딱 적당한 단어인 것 같다. 건강한 마음을 가진 너는 언제나 섬세하게 해야 하는 것과 하지 말아야 하는 것을 하나하나 알려 준다.

- 내가 도시라면 어떤 도시일까?
- 제주? 자연과 도시가 묘하게 섞여 있는 모습이 나랑 비슷할 것 같아.

생각해 보면 이렇게 애매할 수가 없는 것 같다 나는. MBTI 검사를 해도 비슷한 비율로 나오기도 하고, 그렇게 아날로그한 취향도 아니지만 최신 트렌드를 다 따라가지도 못한다. 노는 걸 좋아하면서도 그 이상으로 집에 박혀 있어야 활기를 띠기도 한다. 좋아하는 것도 너무 많고, 하고 싶은 것도 많아 반반 메뉴 같은 제주도를 골라 보았다. 대답하다 보니 너의 도시도 궁금하다. 늦은 새벽에도 반짝이며 빛나는 너는 아무래도 서울일 것 같다.

\- 10년 전 자신한테 한 문장만 말 할 수 있다면?

\- 생각보다 괜찮으니 무서워하지 마.

여전히 나는 두려움이 많아서 긴 고민 끝에 행동하지만 살아
보니 자잘한 선택의 영향은 생각보단 작더라. 그러니까 그때 나는
좀 더 자신감 있게 살았으면 좋겠다는 작은 바램이 있다.

\- 반대로 나의 10년 후 자신한테 하나만 물어볼 수 있다면?

\- 그때는 너랑 안 싸우니? 장난이고. "지금 지키려고 한 모든 것
  들을 그때도 잘 지키고 있니?"라고 물어볼 것 같네.

장난처럼 던진 대답은 사실 장난은 아니었고, 지금 내가 지
키는 모든 것들 그러니까 너를 포함해서. 내 성공의 목표는 나뿐
아니라 내 주변의 행복이기에 그걸 잘 지키고 있는지가 궁금하다.
지금은 내가 너무 약해서 이루지는 못했지만 말이다. 그땐 좀 더
내가 튼튼하게 자라지 않았을까?

## 나를 그리다_다듬기

**나를 위한 나의 10文 10答 : 나에 대한 확신을 갖길 바라며**

- 오늘 하루 목표는?

  : 잘 자는 것

- 요즘 최대 관심사는?

  : 건강한 음식과 매일 할 수 있는 운동

- 내년 이맘때 이루고 싶은 것은?

  : 취미 한 가지를 잘 하는 것

- 2주 간의 휴가가 주어진다면?

  : LA 디즈니랜드 가기. 매일매일 가서 불꽃놀이 실컷 보기

- 30살의 나에게 주고 싶은 것은?

  : 일적으로 멋진 성과

- 뭐든지 될 수 있다면 가져 보고 싶은 직업은?

  : 작곡가

- 지금 제일 배우고 싶은 것은?
  : 피아노

- 나에게 적당한 속도는?
  : 적당히 숨이 차오르는 속도. 적당하다라고 말하지 않은 속도

- 내가 꼭 가져갈 키워드 세 개만 고른다면?
  : 성실함, 친절함, 추진력

- 오늘의 나에게 한 마디
  : 오늘은 좀 게을렀다.

## 나를 그리다_서명

마지막 글을 쓰는 순간까지도 내가 어떤 사람이었는지 헷갈리고, 그런 사람에게서 나온 글이 어떨지 감조차 서지 않습니다. 다른 사람들보다 월등히 나은 부분은 없었지만, 글 정도는 잘 쓰지 않나? 라고 생각했던 지금 보면 오만했던 기억을 반성하며 공간을 채워 나가고 있습니다. 분명히 써 내려간다는 느낌보다는 채운다는 느낌이 더 강한 글쓰기였습니다.

<나를 그리다>를 계획하며 뜬금없는 부탁에도 자기 일처럼 고민해서 만들어 준 질문을 보며 충만한 애정을 느낄 수 있었습니다. 너무 오랜 시간을 함께한 탓에 사소한 단어 선택까지 똑같이 하며 질문을 만든 두 동생을 보며 웃음을 터뜨리기도 했습니다. 평소에는 겪을 수 없었던 새롭지만 사소한 이런 일들로 글을 쓰는 압박감을 이겨낼 수 있었던 것 같습니다.

글을 쓴다는 건 일종의 제 자기 계발에 가까웠습니다. 자기 계발이기도 개발이기도 한 시간들 중 가장 힘들었던 건 마음먹는 것이었던 것 같습니다. 내 이야기를 공개된 공간으로 옮기는 건 생각보다 부끄러운 일이더군요. 결국 나를 보여줄 수 있도록 가장 솔

직한 이야기를 쓰면서 이 정도로 땅굴을 파고 있는 사람도 있으니 이걸 읽게 되는 누군가 한 명쯤은 안도감을 느낄 수 있길 바라게 되었습니다.

쓸데없는 고민도 많고
과하게 조심스럽고
실수도 많지만
나쁘진 않은 사람

글로 저를 처음 만난 사람들이 이 같은 생각을 한다면 우리는 제법 서로를 잘 이해한 걸 거예요. 다음에 또 보게 된다면 지금보다 더 튼튼한 사람이 되어서 만났으면 좋겠습니다.

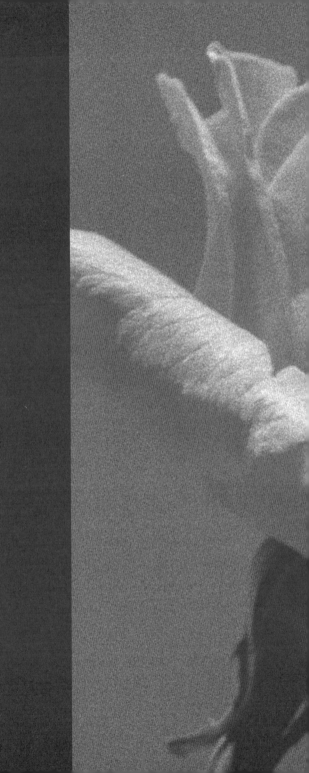

오
필

## 오필

화장품 브랜드 '마더스프' 창업자
사회적 기업 ㈜아토큐앤에이 이사

인스타그램: @motherspromise
유튜브: 새벽 기상 오필
네이버카페: 세바인(세상을바꾸는인증)

새벽 기상 실천 3년차!

육아와 사업을 동시에 하기가 버거워 삶에 번아웃이 왔던 때 무작정 시작한 '새벽 기상'은 40이라는 나이를 맞이한 나에게 아주 큰 터닝 포인트가 되었다.

서른에 시작한 사업은 위기를 맞고 엄마는 암 진단을 받으시고 남편이 산 주식은 상장폐지가 되는 등 악재가 한꺼번에 찾아 왔던 시절이었다.

새벽 기상을 하기 전 매일 아침 몸은 찌뿌둥했고, 여기저기 안 아픈 곳이 없는 최악의 컨디션이 지속되던 어느 날, 우연히 블로그 이웃의 '새벽 기상 실천' 인증 글을 보고 무작정 '새벽 기상'을 시작해 보았고 3년차 실천 중인 현재는 '감사'와 '행복'으로 가득 찬 하루를 보내고 있다.

인생이 잘 안 풀린다고 생각하는 모든 사람들에게 '새벽 기상'을 함께 해볼 것을 권한다.

# 무작정 시작하는 것이 아무 것도 안 하는 것보다 낫다

요즘 왜 이렇게 되는 일이 없지? 라고 생각하신 적 있으세요? 아니면 요즘 사는 게 너무 힘들다…. 라고 생각하신 적은요?

저도 그런 적 있어요. 사업은 잘 안되고, 빚은 늘어 가고, 엄마는 암 수술을 앞두시고 남편이 산 주식은 상장 폐지가 되고…. 뭔가 뾰족한 대책 없이 그저 힘들기만 했을 때가 있었어요. 마음은 무겁고 잠자기도 쉽지 않았던 때가 있었어요.

그냥 뭐라도 해 볼 생각에 블로그를 뒤적이다가 '새벽 기상'을 실천 중이라는 이웃님의 글을 보고 저도 무작정 시작해 봤어요. 그때는 아무것도 안 하는 것보다 뭐든 무작정 시작해야 답답한 마음이 뚫릴 것 같았거든요. 그런데, 그때 무작정 시작하길 참 잘한 것 같아요.

새벽 기상 3년 실천하며 둘러보니 나만 그런 것은 아니더라고요. 누구에게나 그런 힘든 상황이 찾아 올 수 있더라고요. 자세히 보니 나보다 더 힘들고 아픈 사람이 많더라고요. 그리고 더 힘든 상황을 이겨낸 사람들도 많았고요. 아무리 힘든 상황이라도,

분명 이겨낼 수 있는 방법이 있더라고요.

내가 시작하기만 한다면요.

"행복의 문이 닫히면 또 다른 문이 열린다." 헬렌 켈러의 말처럼, 행복의 문이 닫히면 또 다른 문이 열리죠. 사람들은 불행이 닥치면 그 불행 때문에 아무것도 할 수 없다고 생각해요. 내가 원하지 않는 불행만을 바라보느라 다른 열린 문을 볼 생각조차 하지 못하죠.

다시 제가 무작정 시작한 새벽 기상에 대한 이야기를 할게요. 새벽 기상 3년차, 저의 인생에는 많은 변화가 있었습니다. 나의 삶을 새벽 기상하기 전과 하고 난 후로 나누고 싶을 만큼요.

혹시 지금 닫힌 문을 보고 발 동동 구르고 있다면, 오늘부터 새벽 기상 같이 시작해 보아요. 무작정 시작하는 것이 아무것도 안 하는 것보다 나으니까요.

# 새벽 기상 장점 10가지, 단점 1가지

## 새벽에 일어나면 좋은 점 10가지

하루가 길다.

시간이 많아진다.

일을 빨리 끝내고 가족과 시간을 많이 보낼 수 있다.

부모님을 한 번 더 챙길 수 있다.

일 할 시간이 많아져서 실수가 적다.

일찍부터 하루를 준비하니 하루가 알차다.

생각할 시간이 많아져서 잡념을 정리하고 중요한 것에 집중할 수 있다.

내가 나를 매일 칭찬할 수 있다.

내가 깨우지 않아도 딸이 일찍 일어난다.

상황이 아닌 삶을 살아가게 된다.

## 새벽에 일어나면 안 좋은 점 1가지

3년 하다 보면 좋은 점만 보인다는 것이 안 좋은 점이다.

## 그래, 가끔 '나'로 충분하자

새벽에 시작되는 하루는 나에게 많은 충분한 것을 준다

충분히 생각하고
충분히 기록하고
충분히 상상하고
충분히 서성거릴 수도 있다

그 충분함들은 오로지 '나'로 채워지는 것이다

'나'를 반성하는 시간
'나'를 정리하는 시간
'나'를 칭찬하는 시간
'나'를 계획하는 시간

그래 가끔 '나'로 충분해 보자

이런 '충분'함이 '충분'하게 채워지고 나면

나의 삶이 풍요로워진다

## 새벽 기상하면 좋은 걸, 건강은 덤

아침 6시, 하던 일을 멈추고 그냥 나간다

걷다 보면 계속 걷다 보면 또 다른 생각이 떠오른다

내가 걷는 이유는 나를 위함이다

걷다 보면 오감이 나를 깨운다

걷다 보면 모든 게 다 아름답지는 않다

쓰레기차가 지날 땐 쓰레기 냄새가 나고

거리의 담배꽁초를 보며 눈살을 찌푸리기도 한다

가끔 내가 걷는 것이 방해될까 자신의 차를 멈춰 세워 주는 이도 있다

나는 가벼운 인사를 하고 다시 걷는다

걷다 보면 어느새 내가 목표한 지점에 다다른다

목표에 다다르면 걸어왔던 여정이 아름답기만 하다

걷다 보면 인생이 보인다

그래서 나는 매일 아침 걷기로 했다

# 새벽 기상은 멈추는 것 아니에요

새벽 기상을 시작하고 나서 확실히 아이디어가 많아졌다. 새벽 기상을 하기 전에는 무언가 집중해야 할 때, 생각해야 할 때 머리가 돌아가지 않는다는 생각이 많이 들었던 나다. 아, 이렇게 늙는 건가보다 라는 생각을 했었는데 미라클 모닝을 시작한 후 넘치는 아이디어를 매일 메모장에 기록해 두기 바쁜 요즘이다.

그동안 나는 '옳은 일'보다는 '쉬운 일'을 택하고 살아왔는지도 모른다. 그리고 '삶'을 살아가기 보다는 '상황'에 안주하고 있었는지도 모른다. 새벽 기상은 나에게 깨어있음을 인지하게 해 준다. 오직 새벽에만 깨어 있는 것이 아니라 깨어서 인생을 보게 해 준다.

몇 년간 '육아'와 '삶의 피로'를 핑계로 아이디어가 떠올라도 무시했던 때가 있었다. 마치 새벽에 울리는 알람을 무심코 꺼왔던 것처럼…. 핸드폰에 해야 할 일이 산더미처럼 쌓여갔다. 우리 집 거실에는 물건이 쌓여갔다.

새벽기상을 통해 보이지 않았던 것들이 보이기 시작했다. 기록하며 실천하는 것의 중요성을 깨닫는다. 매일 나의 인생을 만들어가기 위해 나의 미래를 상상하고, 내가 상상한 것을 프로그래밍

하여 몸소 실천하게 만든다.

새벽 기상을 하기 전 매일 아침 몸은 찌뿌둥했고 어깨의 통증, 허리의 통증 등 여기저기 쑤시듯 아팠다. 그럴 때 마다 '나도 이제 늙었다보다 운동을 시작해야 하는데 시간이 없네…'라는 생각으로 하루를 보내고 또 하루를 보내고 또 하루를 보내고…. 매일 그랬다.

새벽 기상을 시작한 후, 여기저기 아팠던 곳이 없어졌다. 이는 모두 명상, 운동, 적절한 수면 시간이 조화를 이룬 결과다. 결국 40여 년 인생을 살며, 나도 모르게 나를 지배하고 있던 고정관념과 습관이 나를 아프게 하고 실천하지 못하게 붙잡아 왔다는 것을 인지했다. 그것을 인정하고 노력하는 순간, 모든 것이 바뀔 수 있다.

우리 모두 시작도 해 보지 않은 채 내 인생의 성장을 막고 있는 것은 아닌지 꼭 생각해 볼 문제 이다. 성장은 사회적인 성공만을 이야기 하는 것이 아니다. 가족과의 관계, 다른 사람과의 관계, 그리고 나 자신과의 관계 모든 것을 매일 세심하게 들여다 볼 필요가 있다.

새벽 기상은 매일 나와의 대화를 통해 나를 성장 시키고 , 행복하게 만들어 주는 유용한 도구이다. 나에게 언제까지 새벽에 일어날 건지 묻는 이가 있을 때는 이렇게 답한다.

"새벽 기상은 멈추는 거 아니에요. 죽는 순간까지 하는 것입니다."

## 새벽 기상하는 것은 원래 어렵다

"대표님 새벽 기상 언제까지 하실 거예요?"

나는 1초의 망설임도 없이 대답했다.

"죽을 때 까지요"

그리고 웃어보였다.

어느덧 새벽 기상을 3년이 넘는 시간 동안 실천하며 카카오 톡 프로필에 블로그에 인스타그램 에 여기저기 내가 새벽 기상을 하고 있음을 떠들고 다니다 보니, 나와 소셜 미디어에서 소통을 하고 있는 분들께 종종 받는 질문이다.

그리고 덧붙이는 말들이 있다.

"어떻게 새벽 기상하세요? 저는 못할 것 같아요. 대단하세요."

라고…. 새벽 기상하는 것은 원래 어렵다. 특히 나처럼 잠이 많은 사람이 새벽 기상을 한다는 것은 매우 어려운 일이었다. 몇 년간 딸과 함께 잠들어서 딸과 함께 아침을 시작하다보니 마치 유

아기 아이들처럼 10시간을 족히 자는 날도 있었다. 그래서 내가 새벽 기상을 매일 실천하고 있다는 사실은 나에게는 엄청나게 대단하고 위대한 일이다.

새벽 기상을 실천하는 내가 물위의 백조라면 새벽 기상을 성공하기 위해 매일 매일 하는 나의 노력은 물속에서 열심히 구르고 있는 백조의 발과 같다. 새벽 기상을 성공하기 위해, 그 감을 잃지 않기 위해 '미라클 모닝'이라는 책을 수십 번을 보고 (머리맡에 두고 책을 보고 잠든다.) 너무 많이 봐서 지겨워질 무렵 원서를 구입해서 필사도 해 보았다. 그리고 지루한 시간을 잘 보내기 위해 블로그에 꾸준히 새벽 기상에 대한 글도 남기고 나의 카카오톡 프로필에 매일 새벽 기상 날짜를 D-day로 적어서 실천하는 사람임을 순간순간 상기시켰다.

지금은 인스타그램으로 나의 새벽 기상 인증을 남기며 새벽 기상 실천을 해 나가고 있다. 매일매일 새벽 시간에 집중해서 무언가를 하는 것도 만만치 않은 일이었고 3년이 되니 이제 나의 몸이 새벽 기상을 기억하고 있어서 예전 같은 피나는 노력 없이도 새벽 기상이 일상화 되어 너무 뿌듯하다.

일찍 자고 일찍 일어나기!

내가 새벽 기상을 할 수 있는 이유는 간단하지만 그 과정은 간단하지 않다. 10시 이전에 잠들기 위해 많은 재미들을 포기하여야

하기 때문이다.

예를 들어 좋아하는 사람들과의 늦은 모임, 10시 이후 시작하는 재미있는 드라마나 예능 프로그램 혹은 자신이 오롯이 밤에 즐길 수 있는 등등의 모든 것들을 내가 포기하고 산다고 생각하는 사람들도 더러 있을 것이다.

하지만, 동전에 양면이 있듯 인생도 그렇다고 나는 생각한다. 나는 10시 이후에 시간을 쓰는 삶이 아니라 그땐 나의 에너지를 비축하고 새벽부터 시작하는 삶을 선택한 것이다. 10시 이후의 달콤하다 생각했던 삶들을 내려놓고 새벽에 이루어지는 삶을 산지가 벌써 3년이 다 되어 간다.

백 번이고 천 번이고 나는 잘했다고 생각하고, 또 다시 태어나 삶을 선택하라고 한다면 나는 반드시 새벽에 시작하는 삶을 선택할 것이다.

새벽 기상은 그만큼 나에게 중요한 라이프 스타일이 되었다.

## 상황에 한눈 팔지 않고 삶을 살아가기 위해

상황은 삶에 대한 나의 생각을 어린아이처럼 만들기도 한다. 밥을 먹으면서도 밥 먹는 데 집중하지 못하고 갑자기 생긴 상황에 정신을 팔게 되는 것처럼, 나도 그럴 때가 있다. 내가 생각한 목표와 가고 싶은 길이 있지만 갑자기 생겨난 상황들에 중심과 집중력을 잃고 정신이 팔린 나머지 '나의 삶'이 아닌 '나의 상황'을 살아가기도 한다.

그래서 새벽 기상은 언제나 옳다.

내가 '상황'에 한눈 팔려 할 때 나를 '삶'으로 되돌려 준다.

## 주말에 새벽 기상 안 쉬면 월요병 없다

주말에는 늘 고민했다. 일찍 일어나? 말어? 학교를 다니기 시작하면서부터 새벽 기상을 하기 전까지, 언제나 주말은 늦잠을 자야하는 날이라는 고정관념 속에서 평생 주말을 보낸 듯하다. 조금이라도 일찍 일어나면 뭔가 많은 손해를 본 듯한 아쉬움도 있었다. 주말은 늦잠을 자야하고, 최대한 침대와 한 몸이 되어야 한다는 생각… (가끔 그게 소파나 어느 편한 의자일 수도 있다.)

하지만 새벽 기상을 하고 나서 주말에 대한 개념이 완전히 달라졌다.

주말은 휴식할 수 있는 주말과 새로운 한 주가 시작되는 월요일을 이어 주는 중요한 기간이다. 주말에 많이 뒹굴고 쉰만큼 월요일에는 컨디션이 좋아야 하는데 오히려 나는 그렇게 주말을 보내고 나면 월요일 새벽 기상이 더 힘들어 지기도 하고 휴일이 길어질수록 초조하고 조급해지기도 한다.

그래서 나는 주말을 다르게 대하려고 한다. 나에게 주말은 다시 월요일을 이어 주는 연결고리이기에 하던 대로 새벽 기상을 맞이하려고 한다. 이제 나의 주말엔 고민하지 않고 새벽 기상하는 걸로….

# 새벽 기상 성공을 위해 방에서 꼭 없애야 할 이것

새벽 기상을 위해서 꼭 필요한 것이 무엇일까?

나의 기상을 도와줄 알람 시계?
알람 기능이 있는 핸드폰?

하지만 지속적으로 새벽 기상을 성공하기 위해서는 방에서 이것을 없애야 한다.

'핸드폰'
'알람 시계'

핸드폰은 빨리 잠이 드는 것을 방해하는 요소가 된다.
곁에 있으면 자꾸 보고 싶어진다. 거실에 두는 것이 좋다.

알람 시계가 알람이 울리면 끄고 다시 자는 습관을 만들어 낸다면 과감히 거실에 두는 것이 좋다.

## '나는 못할 것 같아.'라고 생각하면 벌어지는 일

무언가를 하기 전에 생각한다

"내가 할 수 있을까?"

나를 붙잡는 생각…

시작해 보지도 않고 내가 할 수 있을까? 라는 생각을 하는 순간,
할 수 없는 오만가지 생각이 나를 붙잡고 늘어진다

"일단 해 보자."

일단 시작해 보는 것이 좋다
일단 시작해 보면 하면서 하고 싶은 오만가지 생각이 들기도 한다
하나씩 실천해 보면 할 수 있는 방법들이 떠오른다

가끔 지인이 "나도 새벽 기상하고 싶은데 난 못할 것 같아."라고 말
할 때가 있다

"못할 것 같아."라고 생각하면 시작할 수 없다는 것이 우리가 인식
하지 못하는 함정이다

이글을 읽고 난 후부터는 이렇게 먼저 생각해 보기로 하자

"일단 해 보자."

## 새벽 기상 쉽게 하는 제일 좋은 방법

생각처럼 되지 않을 때는 환경을 바꾸자.

마음속에 늘 간절히 원하고 생각해 오던 새벽 기상을 어렵게 시작했는데, 알람 소리가 나면 습관처럼 다시 끄고 잠들기가 일쑤였다. 새벽에 알람이 들리는 순간부터 내면의 갈등이 시작된다.

알람 끄고 5분만 더, 5분만 더, 5분만 더….

핸드폰을 거실에 두고 잠들면 새벽 기상이 참 쉬워진다.
알람을 끄기 위해 걸어 나오는 동안
새벽 기상이 시작된다.

## 새벽이 알려 준 것, 무엇이 나를 불행하게 했을까

오늘 새벽, 자고 있는 나에게 기억이라는 녀석이 문득 찾아왔다. 그리고 이야기 한다.

"너에게도 있었잖아! 너무 행복해서 나만 이렇게 행복해도 되나 하고 오히려 불안했던 그때. 누군가에게 사랑받는다는 것만으로도 행복했던 그때. 잊었어?"

기억이 찾아와 더듬더듬 나를 깨운다.

맞아, 지금의 최저 임금보다도 더 적은 월급을 받으며 일하던 그때였지만, 김창환의 아침창을 들으며 그날 아침이 너무 행복해서 사연을 보내고 싶다는 생각이 들었잖아.

맞아, 맞아 또 생각난다. 그날도 그랬어…. 사랑스런 딸내미를 뱃속에 품고 있던 어느 날 새벽에, 회사 가는 남편이 나를 위해 아침을 차려 줬던 날. 그날 너무 행복해서 나만 이렇게 행복해도 되는지, 너무 행복해서 불행이 닥치는 것은 아닌지 오히려 불안하기까지 했던 그때. 그때는 옆방의 작은 속삭임마저 들리는 원룸에 살았어도 마냥 행복하기만 했는데….

잊지 말고 항상 '감사' 또 '감사'하며 생각하자. 나에게 없는 것을 가지려고 손을 뻗고 아등바등 힘들어 하지 말고, 나에게 있는 것에 감사하며 살아가자. 나에게 주신 선물들을 하나하나 잘 풀어가며 살아가자.

오늘도 '감사' 또 '감사' 합니다.

## 새벽이 부리는 요술

새벽 기상한 지 벌써 3년, 생각해 보면 그리 오래된 시간도 아닌데 생각해 보면 참 오래된 시간이 되었다. 집안일도, 사업도, 모든 것이 뒤죽박죽 엉망이 된 것만 같았던 그때였다. 남편이 사 놓은 주식들은 상장 폐지를 알렸고, 그때 마침 엄마는 암수술까지 예약해 두셨다.

잠이 오지 않았다.
내일이 무섭기도 했다.

나는 한 아이의 엄마, 한 회사의 대표가 아닌, 그냥 세상이 두려운 한 사람으로 무거운 잠을 청했다. 30대 후반의 내가 겪기에 너무 가혹한 일들이라는 생각이 들었다.

벌써 3년, 새벽 기상을 시작하고 나서 나는 달라졌다. 생각해 보니 모든 것이 감사했다.

그럼에도 불구하고 온전하게 나에게 있는 모든 것들, 나의 가족 그리고 나의 사람들. 새벽에 일어나서 준비하는 시간이 나에

게 가져다주는 성과들, 나를 인정해 주는 사람들, 지금까지 내가
노력해서 일궈 놓은 나의 시간들….

　'나'에 집중하니 세상이 '나'를 중심으로 돌아가게 되었다. 매
일이 신나고 매일이 즐거워졌다. 새벽 기상은 삶을 송두리째 바꿔
놓기도 하는 신기한 요술이다.

## 새벽 기상하면 받는 선물

누구나 매일 '하루'라는 선물을 받는다
하지만 '하루'라는 선물의 포장이 너무 흔해서
우리는 가끔 '감사'를 잊고
뭐 더 좋은 선물이 뭐 없나? 기대하기도 한다
그래서 어쩌면 하루는 보잘 것 없는 상자에 불과할 수도 있다

'하루'가 진정 값진 선물로 빛나기 위해서 우리는
그 하루의 상자를 차분히 잘 풀어야 한다
리본도 푸르고 상자의 뚜껑도 열어 보고,
상자 안에 상자가 또 들어 있으면 더 신난다

우리가 선물을 풀어 볼 수 있는 방법은 바로 '실천'이다
선물을 매일 받아서 매일 정성스럽게 풀어 보면
어느 날 작고 작은 상자 안에
'기적' 이라는 단어가 있을 것이다

그러니 매일 받는 '하루'라는 선물이 소중하지 않을 수 없다

나는 3년간 '새벽 기상'하여 하루라는 선물을 조심스럽게 풀어 보았고
조금씩 조금씩 선물의 기쁨을 만끽해가고 있다

## 잘 때도 웃으며 잔다고 한다

새벽 기상 후 달라진 나의 삶

평균 기상 시간은 4시 30분에서 5시 30분이다
평균 취침 시간은 10시 전이다
유행하는 드라마를 잘 모른다
유행하는 책을 잘 안다
항상 '감사' 또 '감사' 하며 산다

남편이 그러길 잘 때도 웃으며 잔다고 한다

## 생각의 프레임이 바뀌는 새벽 시간

늦은 밤까지 잠을 청하지 못했던 날이 있었다. 그날엔 잠들기 전 남편과 언쟁이 있었고 그 감정이 해소되지 못한 채 잠이 들었다. 다음 날엔 새벽 기상 후 그 불편한 마음이 이어졌다. 살다보면 이런 날 저런 날도 있으려니 하지만, 기분이 다운되는 것이 자꾸만 느껴졌다.

새벽 기상하여 남편과의 언쟁은 잠시 잊고 독서를 청했다. 독서를 하며 내 생각은 감정에 대한 불편함은 완전히 잊은 채 오로지 나에게 집중했다. 그러다 보니, 내 감정에 대한 불편함이 조금씩 해소됨을 느꼈다. 새벽 기상을 통해 독서에 집중하면서 나의 생각의 프레임이 '남편과의 불편한 감정'에서 '나의 미래'로 바뀌게 되었다.

남편과의 감정에 대해 불편함을 계속 인식한 채 그것만을 생각하다 보면 어쩌면 그날의 나의 하루는, 아니 몇 일간은 불편한 감정으로 인해 힘들었을지도 모른다.

하지만 새벽 기상하여 독서를 하며 몰입과 상상의 과정을 통해 불편한 감정이 가득한 찝찝한 하루가 아닌 기분 좋은 하루를 맞이할 수 있게 되었다.

그날 새벽 기상하여 나는 이렇게 기록했다.

"남편에게는 남편의 마음을 알아주는 아내가 되자."

밤에 느꼈던 감정은 온데간데없어지고, 내가 어떤 아내였는지 생각해 보게 되었다.

## 나는 소중하고 당신은 존중받아야 합니다

홀로 불행하고 싶은 사람은 없다.

평범함도 마찬가지다.

다른 사람의 두려움, 제한적 사고가

당신에게 영향을 주지 않도록 해야 한다.

영향력 집단을 끊임없이,

주도적으로 발전시켜야 하고

삶에 가치를 더하고

최선을 이끌어 내는 사람을 찾아야 한다.

그리고 다른 사람들에게 그런 사람이 되어야 한다.

- 미라클 모닝 71p

나와 친한 사람들을 생각해 본다

매일 만나는 사람

그들이 어떤 삶을 살아가기를 원하든

나는 그들의 삶의 방식을 존중해 주어야 한다

다만, 내가 누구를 만나든
나는 나의 생각을 컨트롤할 수 있어야 한다
내가 원하는 삶, 내가 생각하는 삶의 방향이 흐트러지지 않도록
나의 색깔을 늘 상기 시켜야 한다

누구를 만나든, 어디를 가든
다른 사람과의 만남은 나에게 영향을 주고,
나 또한 다른 사람에게 영향을 줄 것이다

하여 이것을 늘 잊어서는 안 된다

나는 소중하고 , 다른 사람은 존중 받아야 된다는 것

## 새벽기상에 실패란 없다


실패했다고 말하지 않는다면 실패하지 않은 건데

포기했다고 말하지 않는다면 포기하지 않은 건데

못할 것 같다고 말하지 않는다면 할 수 있을 건데

우리가 1주일만 사는 것이 아니기에

# 새벽기상과 세트로 이것을 꼭 해야합니다

기록하지 않는 새벽 기상은 앙꼬 없는 찐빵과 같다.

새벽 기상을 하는데 있어서 기록은 필수 조건이다.

가끔 나와 같이 새벽 기상을 하여 원하는 바를 이루고 싶다고 하는 분들을 종종 만나게 된다. 그리고 몇 달 후 그분을 다시 만나게 되면, 결국 새벽 기상에 실패 했다는 말을 듣기도 한다. 그럴 때 나는 다시 되물어 본다.

"혹시 기록을 같이 하고 있나요?"

새벽 기상을 하는데 있어서 기록은 절대 빠져서는 안 되는 필수 루틴의 조건이다. 기록은 일종의 인생의 네비게이션 역할을 한다. 기록을 통해 내가 어디로 갈 것인지 정하고 상상하고 그림을 그려보아야 한다. 그래야 지금 내가 잘 가고 있는 것인지를 확인하며 새벽 기상을 실천했을 때 목표를 실현하는데 많은 도움이 된다.

또한 새벽 기상을 오래 지속하는데 도움이 되기도 한다. 누구에게나 인생은 초행길이며, 단 한번만 지나갈 수 있는 길이다.

어찌 보면 인생을 알 수 없는 길이라고 표현할 수도 있을 것이다. 자신이 '목표'한 바를 이루는 것이 인생을 잘 사는 것이라고 생각해 본다면, 인생을 살아가다보면 삶의 고단함에 지쳐 우리는 '목표'한 바를 잊고 '상황'에 취해 살 때가 있다. 하지만 매일 내가 가야 할 곳을 생각하고 집중해서 그 길을 간다면 누구라도 자신이 원하는 '삶'을 성취할 수 있을 것이다.

'집중'하여 목표를 성취 하는 삶을 살기를 원하는 분들께는 새벽 기상에서 다음과 같은 루틴을 권한다.

명상을 통해 잡념들을 비워내는 것이 좋다.
책을 통해 멘토를 만나 방법을 배운다.
운동을 통해 실천할 수 있는 에너지를 채운다.
기록을 통해 계획을 세우고 수정하며 확인한다.
확언을 통해 나와 약속을 하고 실행력을 가동시킨다.

더불어 감사 일기를 통해 감사를 기록한다면, 하루가 '행복'과 '감사'로 가득차게 될 것이라고 확신한다.

## 딸에게 해주고 싶은말

"엄마 저는 화가가 되고 싶어요."

딸에게 나는 다시 물었다.

"그래? 엘이야. 그럼 화가가 되려면 무엇을 해야 할까?"

딸은 답했다.

"그림을 많이 그려야 해요."

"우리 엘이 잘 알고 있네. 맞아, 그럼 넌 이미 화가야."

딸은 대답했다.

"맞아. 난 매일 그림을 그리니까?"

나는 다시 딸에게 이야기해 주었다.

"응, 맞아. 엘이야, 화가는 누가 정해 주는 게 아니야. 네가 매일 그림 그리는 게 즐겁고 재미있고, 네가 매일 그림을 그릴 수 있다면 엘이도 화가인 거야."

딸은 다시 나에게 이야기 했다.

"엄마 하지만 저는 제 그림을 보고 사람들이 '감동'을 받을 수 있는 화가가 되고 싶어요."

나는 딸에게 꼭 해 주고 싶은 말을 해 주었다.

"엘이가 그림 그리는 그 시간과 노력이 충분히 채워진다면, 너는 다른 사람들에게 '감동'을 주는 '그림'을 그릴 수 있게 될 거야."

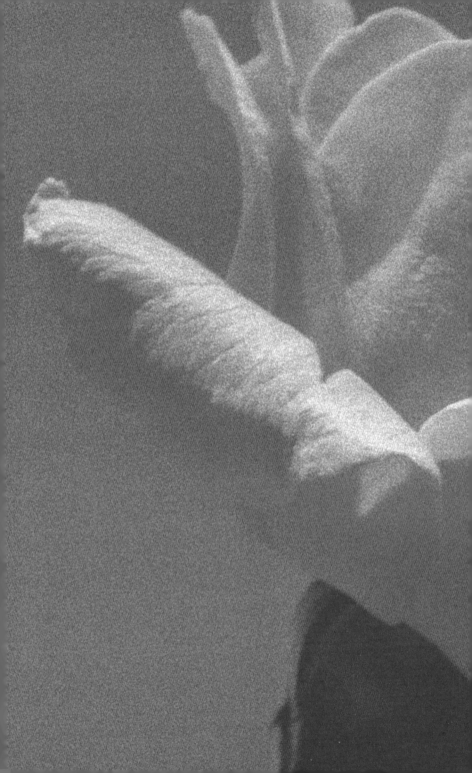

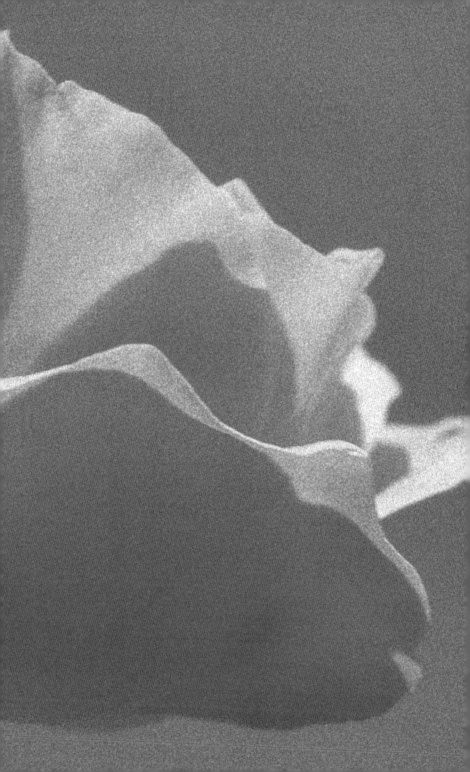

# 하루의 마지막에는 글을 쓰기로 했어

**1판 1쇄 인쇄**  2021년 08월 18일
**1판 1쇄 발행**  2021년 08월 25일

**지 은 이**  정인, 한수정, 원도연, 리아, 김예진, 최현영, 오필

**발 행 인**  정영욱
**기획편집**  유지수
**디 자 인**  이유진

**펴낸곳**  (주)부크럼
**전  화**  070-5138-9971~3 (도서기획제작팀)
**홈페이지**  www.bookrum.co.kr
**이메일**  editor@bookrum.co.kr
**인스타그램**  @bookrum.official
**블로그**  blog.naver.com/s2mfairy
**포스트**  post.naver.com/s2mfairy

ⓒ 홍정인, 한수정, 원도연, 김지윤, 김예진, 최현영, 김주희, 2021
ISBN 979-11-6214-373-5 (03800)